모란
다시
피네

모란 다시 피네

1판 1쇄 발행 | 2019년 6월 25일
지은이 | 박춘민
발행인 | 이선우
펴낸곳 | 도서출판 선우미디어

등록 | 1997. 8. 7 제305-2014-000020
02643 서울시 동대문구 장한로12길 40, 101동 203호
☎ 2272-3351, 3352 팩스: 2272-5540
sunwoome@hanmail.net
Printed in Korea ⓒ 2019. 박춘민

값 13,000원

※ 잘못된 책은 바꿔 드립니다.
※ 저자와 협의하여 인지 생략합니다.
※ 이 도서의 국립중앙도서관 출판예정도서목록(CIP)은 서지정보유통지원시스템
　홈페이지(http://seoji.nl.go.kr)와 국가자료공동목록시스템(http://www.nl.go.kr/kolisnet)에서
　이용하실 수 있습니다.(CIP제어번호: CIP2019023544)

ISBN 978-89-5658-615-1 03810

모란 다시 피네

박춘민 에세이

선우미디어

작가의 말

첫 작품집을 내놓은 후 어언 10년이 흘렀다.
세월을 그냥 보내기가 아쉬워
그동안에 겪은 삶의 조각들을
용기를 내 한자리에 모아보았다.

항상 내 글을 대할 때마다
볼품없이 빚은 그릇 같아서 부끄러울 때가 많다.
예쁘게 봐주시기 바란다.

출간의 기쁨을 사랑하는 가족들
그리고 친지들과 함께 나누며
두 손녀 예은, 채은에게
샘물같이 맑고 끝없는 사랑으로 이 책을 건넨다.

어줍은 글을 책으로 엮어주신
선우미디어 사장님께 깊은 감사를 드린다.

2019년 5월 청파동 누옥에서
박 춘 민

| 차례 |

03 백두산 무지개

04 망향의 언덕

05 다뉴브강의 밤물결

01

모란 뜰

전해 내려오는 말에 모과를 보면 세 번씩 놀란다고 한다.
너무 못생겨서, 너무 맛이 없어서, 너무 향기가 좋아서라고 한다.
그런데 한 가지 더 모과는 그 놀라움뿐이 아닌,
내 추억의 향기도 지니고 있다.
−본문 〈모과 향기〉 중에서

모과 향기

4월이 되자 우리 동네 모과나무도 꽃을 피웠다. 얼룩덜룩한 수피에 잔가지들이 엉성하더니 푸른 잎과 분홍색 화사한 꽃으로 눈길을 끈다. 꽃이 지고 나면 곧 열매가 맺히리라. 새삼 지난일이 생각나서 걸음을 멈춘다.

퇴임한 그 해의 11월, 늦가을이다. 자그만 택배 상자가 집에 배달되었다. 발신처를 보니 마포 한강 가에 있는 절두산 순교 성지였다. 무엇일까, 몹시 궁금했다. 상자의 모양, 크기, 무게로 보아 사기로 만든 물 컵 같았다. 부활절 때 선물 받은, 병아리 기념품을 떠올린 것이다.

서둘러 상자를 뜯었다. 아! 뜻밖에 모과가 들어 있지 않은가. 어른 주먹보다 크고 노릇하게 익은 모과 한 개다. 나무에 달린 참외 같은 열매라서 모과라고 한다더니 영락없이 참외를 닮았다. 제법 향기가 나고 겉은 씻었는지 매끈했다. 모과를 꺼낸 상자 한쪽에서 작은 메모지 한 장이 나왔다. 주임 신부님께서 보낸 짧은 편지였다.

찬미 예수
올해는 성지 뜰에 모과나무가 풍년을 맞았습니다.
감기 예방에 좋다고 하니 차로 만들어 드십시오.
늘 평화가 함께하시기를.
　　　　년 월 일 주임 신부 B 드림

　성지의 후원 회원에게 보낸 가을 선물이었다. 어떻게 모과를 선물하기로 생각하셨을까. 역시 신부님은 우리와는 다른 맑은 마음을 지니셨다. 후원 회비라야 겨우 월 1만 원씩 낼 뿐인데, 후한 대접을 받으니 미안스러웠다. 순교 성지 뜰에서 수확한 귀한 열매. 어떤 값비싼 물건이 대신하랴. 성한 것만을 골라 다치지 않게 싸서 알맞은 상자에 일일이 챙겨 넣는 등 애써 보내 주신 모과의 향이 집 안에 은은하게 풍겼다. 모과는 겨우내 거실의 탁자 위에 놓아두었다가 대보름이 지났을 때 따끈한 차로 만들었다.

　신부님들은 어느 분이나 어려우면서도 따뜻하시다. 그중에서도 주임 신부님 같은, 더 기억에 남는 분이 계신다. 언젠가 토요일, 3시에 시작하는 특전 미사에 참여하려고 성지를 찾았다. 미사 시간이 촉박하여 바쁘게 성당 언덕을 오를 때였다. 인기척이 나더니 "자매님, 제가 가야 미사가 시작됩니다. 천천히 오세요." 하시며 주임 신부님이 앞서 올라가시는 게 아닌가. 강바람에 희고 긴 수단 자락을 펄럭이며 언덕을 오르시는 뒷모습이 어찌 그리 아름다운지. 멀리서 서둘러 성지를 찾은 내게 큰 위안의 말씀이었다. 그 뒤 신부님은 1년여 계시다가 새 임지로 떠나셨다.

몇 해 전, 여름내 입원 치료를 받던 남편의 병세가 10월로 접어들자 눈에 띄게 호전되었다. 우리는 퇴원을 앞두고 적응 훈련 겸 며칠간 산책 시간을 가졌다. 그날은 평소보다 더 멀리 가 보기로 하고, 휠체어에 남편을 태운 채 병원 뒤 야산에 올랐다. 옛적에는 궁궐에 속하여 보름날이면 비빈들이 달맞이를 했다는 야트막한 산이다.

산 아래에 이르러 잠시 쉬기 위해 나무 그늘로 휠체어를 밀었다. 마침 그곳에는 야생 모과나무 한 그루가 자그만 열매를 여린 가지 끝에 대롱거리고 있었다. 그 사이로 하늘과 멀찍이 흰 병동 귀퉁이가 내려다보였다. 가을바람이 서늘하고 상쾌하여 휠체어를 놓고 한숨 돌리는데 남편이 갑자기 엉거주춤 일어났다. 그리고 가까스로 눈앞에 떨어져 있는 모과 한 개를 주워 내게 건넸다. 평생을 함께한 나이든 짝에게 작고 못난 모과라도 쥐어 주고 싶었던 것일까. 그의 마지막 선물이었다.

과일 가게 망신은 모과가 시킨다던가. 대다수의 열매는 보기에도 예쁘고, 저마다의 향내를 풍기며 먹음직스럽다. 하지만 모과는 어떤

가. 전해 내려오는 말에 모과를 보면 세 번씩 놀란다고 한다. 너무 못생겨서, 너무 맛이 없어서, 너무 향기가 좋아서라고 한다. 그런데 한 가지 더 모과는 그 놀라움뿐이 아닌, 내 추억의 향기도 지니고 있다. 그것은 사제(신부님)의 따스한 마음과 생의 끝자락에 보여 준 남편의 진솔한 사랑이다.

만일 내게 뜰이 있다면 먼저 모과나무를 심고 싶다.

(2018.)

모란 뜰

종일 눈발이 날린다. 몇 년 만에 내리는 폭설이다. 내내 집 안에만 있고 보니 답답하고 무료하다.

봄이 기다려진다. 머릿속에 꽃들을 그리다가 늦봄에 피는 모란꽃을 떠올렸다. 꽃 중에 예쁘지 않은 꽃이 있을까마는 요즘 같은 한겨울에는 고아한 목련이나 청초한 수련보다는 화사한 모란이 제일이 아닌가 싶다. 꽃의 아름다움도 때와 장소에 따라 그 느낌의 정도가 달라지지 않던가.

어렸을 적, 나는 봄이면 외가의 뒤뜰에서 혼자 잘 놀았다. 큼직한 배불뚝이 항아리, 물동이, 된장독이 놓인 뒤뜰은 조각하늘이 내려다보고, 커다란 감나무와 무성한 대숲이 울타리를 이루고 있었다. 텃밭에는 상추와 쑥갓, 머위가 자라고 가장자리엔 취나물, 냉이, 원추리 등의 나물과 야생초도 가득 돋아나 있었다.

그중에 가장 눈에 들어오던 것은 햇살을 받아 눈부시게 빛나던 붉은 모란꽃들이다. 화중왕(花中王)으로, 부귀영화를 상징한다고 하여 만인들에게 사랑을 받아 온 모란꽃, 향기가 없다고도 하지만 그 뜰의 모란꽃은 진한 향기를 풍겼다. 노란 꽃술에서 놀고 있는 조그만 벌도 보았다.

대숲에 날아다니는 실잠자리도 좋았다. 한번 만져 보고 싶어 손을 내밀면 날개를 냉큼 펼치고 날아가 버리니 번번이 실패하고 말았다. 별수 없이 돌아서면 언제나 환하게 맞아 주던 모란꽃들이다. 그래서인가, 가끔 마음이 고단할 때면 아름답고 화사한 모란이 보고 싶어지곤 한다.

어느 해, 모란꽃을 찾아 토요일 반나절을 고궁에서 보낸 일이 있다. 그해 3월에 건강에 이상이 생겨 보름간이나 입원 치료를 받고 퇴원했다. 다시 건강을 찾았다는 희열 때문이었을까, 모란이 몹시 보고 싶었다. 때는 이르지만 혹시 양지바른 곳에서 모란 한 송이라도 볼 수 있을지 모른다는 생각에 잰걸음으로 고궁을 헤맸다. 그날은 남편이 먼저 집에 와 있었다. 어디를 다녀오느냐고 묻기에 그대로 말했더니 "이 사람아, 3월에 무슨 모란꽃인가. 6월 목단이라는 말 못 들어봤는가." 하며 딱하다는 듯 웃었다.

옛일을 떠올리다가 CD 한 장을 카세트에 넣었다. 한국 가곡 모음집이다. 이내 시에 멜로디를 넣은 〈또 한 송이 나의 모란〉이 흘러나온다. 맑은 톤의 테너가 서정을 담뿍 담아 노래하니 금상첨화다. 곧 아름다운 가락이 내 심안을 어우르며 온 집 안에 퍼져 흐른다.

> 모란꽃 피는 오월이 오면
> 모란꽃 피는 오월이 오면
> 또 한 송이의 나의 모란꽃
> 추억은 아름다워 밉도록 아름다워
> 해마다 해마다 유월을 안고 피는 꽃
> 또 한 송이의 나의 모란
>   − 가곡 〈또 한 송이 나의 모란〉 중에서

"추억은 아름다워 밉도록 아름다워"의 대목이 진한 여운을 남기더니 이어 "해마다 해마다 유월을 안고 피는 꽃/ 또 한 송이의 나의 모란"으로 바뀐다. 노래를 듣고 있자니 지난 몇 해 동안에 겪은, 어둡던 일들이 밝은 햇살 아래로 들어서는 느낌이다. 하늘나라로 떠난 남편, 엎친 데 덮친 격으로 내 몸에 찾아온 병마 불청객. 마치 어느 험한 협곡이라도 헤맨 것 같던 몇 년 간이었다. 그러나 이젠 남편의 그림자가 세월 따라 희미해지고 내 건강도 점차 되찾아 간다. 세월이 약이라더니 가까이 평화가 다가서고 있다.

모든 것은 생각 나름이라던가. 뼈아픈 육신의 고통만 아니라면 어둠은 마음과 의지로 이겨 낼 수 있는 법, 나는 다시 화사한 여생의 꿈을 갖도록 해야겠다. 계절의 변화 속에 해마다 봄은 오고 오뉴월이

면 약속이나 한 듯이 뭇 꽃들과 함께 모란도 피지 않던가. 인생의 뜰인들 다르랴. 아직은 내 뜰에도 모란 한 송이쯤 기대할 수 있으리라.

밖에 눈은 내리는데 우리 집 거실에는 아름다운 노랫소리로 벌써 봄이 와 있다. 겨울이 있기에 봄이 오는 것. 설한은 봄을 준비하고 모란꽃을 예비하기에 미더운 것을.

(2011.)

도심 속 겨울나무

12월이다. 한 해의 마지막이라기보다 크리스마스를 맞이하는 설렘으로 부푸는 달이다. 크리스마스는 기독교인들만 아니라 온 나라, 전 세계의 축제일이다. 자선냄비의 종소리가 들려오고 성당과 교회 도로변에 '트리(tree)'가 등장한다.

아기 예수의 탄생을 축하하고 감사와 이웃 사랑을 상징하는 트리다. 트리는 원뿔 모양을 한 전나무, 구상나무, 가문비나무에 별, 솜, 리본, 촛불 등으로 알록달록 꾸민 장식물이다. 요즘에는 전자산업의 발달로 나무가 아닌 다양한 빛깔과 모양만으로도 트리를 만들기도 한다. 빌딩 벽을 금빛 줄로 꾸미고 또는 푸른 물방울이 흘러내리게 하거나 육각형의 다비드별, 빨간 포인세티아 등으로 화려한 도시의 밤을 만든다.

그중 가장 눈길을 끄는 것은 낙엽수가 만든 트리다. 이맘때면 가지만 남은 도심 속 가로수들(주로 은행나무, 느티나무)이 눈부시게 변한다. 버스를 타고 창문을 통해 내다보거나 어쩌다 도보로 도심 속을 걷노라면 현란한 풍경에 입을 다물지 못한다. 잎 대신에 금빛 은빛의 꼬마전구를 온 가지에 달고 도심 속의 인파와 어울리고 있다.

"눈 쌓인 응달에 외로이 서서/ … / 바람 따라 휘파람만 불고 있느냐"는 〈겨울나무〉의 노래가 어색하기만 하다. 동요 속의 나무는 외딴 시골 들녘이나 계곡 언덕배기 등에서 살고 있으리라.

이른 저녁 식사 후 외투 차림으로 집을 나선다. 오랜만에 도심 속의 밤을 구경할 셈이다. 겨울 날씨 같지 않게 푸근하더니 눈이 오려는지 낮게 잿빛 구름이 드리워 있다. 지하철 시청역에서 내려 시청 광장을 통과한다. 광장에 어마어마한 트리가 서울의 중심부임을 나타내듯 우뚝 서 있다. 하늘로 향한 나무 끝에서 대형으로 빛나는 별이 근사하다. 한국은행을 지나니 분수대가 오색 조명등을 쏘고 그 곁 S백화점 건물 벽에 포인세티아 붉은 잎이 찬란하다. 지난여름 개축한 중앙우체국도 물풀 같은 모양의 트리가 쉬지 않고 흘러내리고 있다. 차들도 쉬엄쉬엄 달리는데 도로에 자선냄비의 종소리가 한층 크리스마스 분위기를 돋운다. 건너편 명동 길은 젊은이들로 북적이고 지하상가의 엘리베이터도 바삐 오르내린다.

L백화점 부근과 명동 지하상가 입구는 그야말로 불야성이다. 빌딩들과 어울려 기다란 키의 소나무가 키재기를 하듯 서 있고 지하철 을지로입구역과 백화점을 낀 중간 지점에 작은 공원이 있다. 금싸라

기 같은 땅에 자리한 공원은 주변 건물들에 방해되지 않는 자그만 나무들이 심어지고 몇 가지 조형물과 행인들이 쉬어 갈 벤치도 마련되어 있다.

오늘밤, 내 최종 목적지도 이곳이다. 탐스런 반송들은 색색의 무늬로 치장했는데, 낙엽수들은 가지마다 꼬마전구를 매달고 금빛 은빛을 내고 있다. 사방이 꿈속인 듯 눈부시다. 아예 공원의 나무들이 모두 트리가 되어 금은 숲을 이루었다. 눈앞, 금가지 몇 개만 꺾어 가지면 큰 부자가 될 것인데…. 잠깐 옛 이야기 속을 상상하며 피식 웃음을 흘린다.

꼬마전구 사이로 전선줄이 보인다. 온몸에 칭칭 감긴 전선줄이 나무들에게 괜찮은지 염려된다. 어느 식물학자가 큰 지장은 없다고 말했다지만 내 몸이라고 생각할 때 몹시 답답할 것 같다. 아무려면 홀가분한 몸으로 지내는 것만 할까.

낙엽수들은 겨울잠을 잔다고 한다. 추위에 자기를 보호하기 위해서, 다음 해를 준비하기 위해서 휴식을 해야 한다. 그런데 도심 속 나무들은 이 시기까지 우리에게 내놓고 있다. 쉘 실버스타인이 쓴 동화 〈아낌없이 주는 나무〉의 줄거리가 떠오른다.

옛날에 사과나무 한 그루가 있었는데 그에게는 사랑하는 소년이 있었다. 소년은 사과나무 그늘에서 숨바꼭질을 하고 그네도 타며 재미있게 놀았다. 나무는 좋았다. 소년은 자라서 집이 필요하자 나뭇가지를 사용하여 집을 지었다. 그래도 나무는 좋았다. 소년이 청년이 되자 나무줄기를 베어다가 배를 만들어 그 배를 타고 멀리 떠났다. 한참 세월이 흘러 소년이 늙고 지친 몸으로 돌아와 쉴 자리가 필요했다. "내게 앉아 쉬려무나." 하고 나무는 마지막 남은 밑동마저 내놓으며 기뻐했다.

어쩜 이 나무는 우리를 위해 모든 것을 내어 주신 그리스도를 상징하는 것 같다는 생각이 든다.

천천히 공원을 돌며 금은 나무들에게 고맙다는 치하를 건넨다. 너희들의 수고가 있기에 어두운 겨울밤을 환하게 보내노라고. 소년을 위해 아낌없이 모든 것을 내준 사과나무를 닮았다고. 아니, 성자를 닮았다면 지나친 것일까.

빛으로 오시는 아기 예수님이 기다려지는 밤이다. 공원에 하나, 둘 꽃잎 같은 눈송이가 내려앉는다.

(2016.)

능소화 사랑

여름이 가까워집니다. 가는 봄꽃을 아쉬워하다가 능소화를 떠올렸습니다. 곧 능소화가 필 것을 생각하니 봄꽃을 보내는 서운한 마음이 가셔지네요.

한여름, 담벼락 같은 높은 곳에서 아래를 향해 치렁치렁 늘어진 화려한 원추형 꽃차례를 보셨겠지요. 바로 능소화입니다. 짙고 무성한 녹음 속에서 능소화를 만나면 그 밝은 주황색 꽃차례가 참 볼 만해요. 6월 말쯤 개화하여 8월 말까지 내내 피고 지고를 거듭합니다. 꽃송이 하나하나의 생김새는 깔때기 모양의 통꽃들이고요, 나팔꽃과 비슷하지요. 중국이 원산지로 그곳에서는 '금등화(金藤花)'라 하고, 우리나라 조선 시대 때는 주로 부자들이 즐겨 심어서 '부자꽃'이라고 했답니다.

대부분의 꽃들과 같이 능소화의 전설도 매우 슬퍼요.

어느 궁궐에 '소화'라는 예쁜 궁녀가 있었는데 어느 날 임금님의 눈에 띄어 임금님과 하룻밤을 보내게 되었대요. 해서 소화는 후궁이 되었고 처소도 따로 생기게 되었으나 임금님이 소화를 찾지 않는 거예요. 소화를 시샘하는 다른 후궁들이 소화의 처소를 일부러 궁궐 깊은 구석에 마련하도록 하고 임금님이 소화를 찾지 않도록 훼방을 놓아서였대요. 불쌍한 소화는 아무것도 모르고 날마다 임금님을 기다리며 처소를 둘러싼 담장 가를 서성였어요. 그러다가 지친 소화는 담 밑에 묻어 줄 것을 유언하고 숨을 거두고 말았답니다. 자신을 담 밑에 묻어 달라는 부탁은 죽어서도 임금님을 기다리겠다는 소화의 가련한 뜻이겠지요. 이듬해 봄, 소화가 묻힌 담장 밑에서 이름 모를 싹이 돋아났더랍니다. 그 싹은 자라나 줄기를 뻗고 담장 높이 오르더니 예쁘게 꽃을 피웠어요. 임금님의 발자국 소리를 들으려는 것같이 담장 밖을 향하여 깔때기 모양을 하고서.

소화의 굳은 절개를 드러내는 것일까요. 능소화는 유독(有毒) 식물이랍니다. 꽃가루에 독이 있어서 함부로 만지면 안 된대요. 꽃가루가 눈에 들어가면 눈병이 난다네요. 반면에 능소화는 강한 생태를 지니고 있어요. 담쟁이같이 줄기에 강한 흡착근이 있어서 담, 벽, 철조망, 바윗등, 썩은 나무둥치 등 무엇이나 가리지 않고 뻗어 오릅니다. 능소화는 한사코 부드러운 흙이나 기름진 흙만을 바라지 않고 돌과 자갈땅이라도 쉽게 뿌리를 내릴 뿐더러, 주위의 아무것이나 붙잡고 줄기를 뻗어 꽃을 피워요. 그래서 요즘에는 환경 미화에 관심 가진 사람들이 요소요소에 능소화를 심는 추세랍니다. 한바탕 박수를 보내야 할 일이지요. 허술한 어느 구석을 마다하고 꽃을 피운 능소화는 우리가 미처 생각지 못한 장소에서 관상의 즐거움을 크게 주니까요.

동료들과 전북 진안에 있는 마이산의 암·수봉을 탐방하고 골짜기에 있는 탑사를 돌아보았습니다. 골짜기에는 크고 작은 돌탑이 수없이 세워져 있고 비탈진 한쪽에 큰 바위 한 덩이가 자리하고 있었어요. 그 바위 위에 활짝 꽃을 피운 능소화가 꽃밭을 이루었지 뭡니까. 바위에 만개한 능소화로 하여 골짜기와 돌탑들이 마치 붉은 노을빛에 물든 것같이 환했지요. 멋진 풍경이었습니다.

강릉 선교장 안마당에서 본 능소화도 눈에 선합니다. 오랜 세월을 지나 현재까지 그 원형을 잘 보존하고 있는, 조선시대 사대부의 명성과 전통을 자랑하는 선교장입니다. 동별당, 서별당, 활래정, 행랑채 등을 두루 답사하며 선교장의 영화가 계속되고 있다는 생각이 들었어요. 특히 안마당 한가운데에 받침목을 타고 올라 수많은 꽃을 피운 능소화 때문이었지요. 무척 화사했습니다. 흙 마당을 쏘는 햇살을 받아 더욱 선명한 주황색 꽃이 다른 꽃들의 아름다움에 지지 않더라고요.

우리 동네와 갈월동을 연결하는 지하도 입구에도 해마다 능소화가 핍니다. 대여섯 포기밖에 되지는 않지만 올해도 어김없이 옹벽을 타고 오르네요. 조금만 기다리면 푸른 담쟁이와 같이 주황색 꽃무늬를 아름답게 수놓아 줄 것입니다. 여름만 되면 꽃차례 서너 가닥이 길게 늘어져 지하도 벽에 너울거린답니다. 그곳을 오가노라면 머리 위에 화관을 쓴 것 같아요. 서늘한 그늘도 생겨나니 더욱 좋고요. 지하도 입구 옹벽 밑에 능소화 뿌리를 심고 가꾸는, 동네 꽃집 아저씨의 은혜로운 손길 때문이지요. 이제 옹벽은 우리 여름 꽃밭이 되었어요.

능소화를 좋아합니다. 전설 속 소화의 한(恨)이 은혜로움으로 바뀐 듯, 여름철의 힘든 무더위를 식혀 주어 좋고 옹벽 따위를 복지(福祉)로 여기는 그 속성을 사랑합니다. 내 마음 구석, 후미진 자리에도 능소화 한 다발 피어났으면 좋겠습니다.

(2012.)

홍도의 해송

인터넷을 열어 홍도의 동영상을 들여다본다. 홍도를 다녀온 후 눈앞에 삼삼한 해송 때문이다. 가슴속이 답답할 때면 홍도를 둘러싼 바다가 생각나고 그 해안에 널리 군생하는 해송이 떠오른다.

바닷가에 사는 소나무, 해송은 곰솔 또는 흑송이라고도 한다. 나는 바다를 끼고 자라났기에 해송의 이모저모에 대하여 조금 알고 있는 편이다. 특이한 바늘잎은 그만두고라도 용틀임하듯 휘어진 굵은 둥치, 곧게 높직이 하늘을 향해 위용을 부리거나 한쪽으로 치우쳐 한껏 멋을 부리는, 소나무의 갖가지 모습에 익숙한 편이다.

지난해 유람선을 타고 홍도의 해안을 한 바퀴 돌아본 적이 있었다. 그곳에서 또 다른 모양의 해송을 발견한 것이다. 유람선이 거대한 암벽의 모퉁이를 돌자 눈앞에 나타나는 송이버섯 모양으로 생긴 나무들. 열을 짓듯 가지런히 서서 잠자코 우리를 내려다보는 것이 아닌가. 암벽을 푸르게 장식한 작달막한 나무들이 뜻밖에 소나무란다.

어리둥절해하는 내게 홍도에서 칠순을 넘겼다는 안내자가 도움말을 주었다. 바위에 뿌리를 내린 나무들은 바닷바람과 영양결핍 등으로 충분히 자라지 못해 분재 모양을 이루었다는 것이다. 자람이 거의 눈에 띄지 않아서 자신이 어렸을 때나 지금이나 나무들의 키는 똑같아 보인다고 부언했다. 관목이나 교목을 작은 화분에 기르기 위해 철사로 감고 가지를 쳐 주는 등 인위적으로 모양을 다듬어 관상하는 분재. 홍도의 그들을 자연이 만든 분재라고 한다면 어떨까. 그러니까 살아남기 위해 크기는 줄이고 나뭇가지는 세찬 바람을 피하기 위하여 밑으로 내려뜨렸을 것이다.

너른 지구 안에서 어쩌다 하필이면 그곳에 씨앗이 자리한 것일까. 가장 가까운 육지인 목포는 뱃길로 약 113킬로미터, 이웃 흑산도와의 거리도 약 20킬로미터나 된다는데. 파도에 실려 온 것인가, 새의 몸에 담겨 온 것인가. 사람의 힘에 의한 것이라곤 아예 생각할 수 없는 자연의 신비가 오묘할 뿐이다. 처음 암벽에 떨어졌을 씨앗 한 톨의 인고! 바위 틈새를 여린 뿌리로 꼭 붙들고 채 숨을 돌리기 전에 몰아쳤을 세찬 눈보라와 폭풍우. 그 많은 날들을 버텨 내고 물 한 모금을 기다리며 생존을 이어가기가 오죽했을까.

이제 해송들의 힘든 아픔은 옛이야기일 뿐이다. 해안의 암벽 곳곳에 탄탄한 자기네의 생태계를 이루고 있었다. 푸르고 커다란 송이버섯같이 혹은 왜소하나 낯설지 않은 모습으로 바위틈에 수북하고, 깎아지른 절벽을 피하지 않았다. 뿐인가, 동굴이 뚫린 암벽 위에는 푸른 지붕을 이루었다. 절묘한 형상을 자랑하는 기암괴석들이라고 하지만 특성대로 깊이 침묵할 수밖에 없음을 어찌하랴. 이에 해송은 그곳에 생명의 숨결을 불어넣어 홍도의 해안미를 한층 돋보이고 있었다.

인고 뒤에 온다는 안식처럼 그들은 우리가 갖지 못한 청정한 자연을 소유한 것이리라. 드넓은 바다와 하늘, 찬란한 일출과 일몰이 그들의 배경이다. 물기어린 고운 조각달과 은하수, 뭉게구름 뜬 수평선, 사철 가림 없이 들려오는 바다의 노래. 바람도 마냥 사납고 무정한 것만은 아닐 게다. 강풍 다음에 불어오는 다정한 미풍은 작은 가지에 내려와 둥지 떠난 아기 새의 얘기랑 바다 건너 이런저런 소식을, 하룻밤 머물다 온 내 소식까지 소곤댈지도 모른다.

중국에서 닭 우는 소리가 들린다고 할 만큼 멀고 먼 홍도. 그 해안의 암벽에서 쉬지 않고 불어오는 바닷바람을 맞으며 일가를 이룬 해송들. 굳은 환경을 이겨 내기 위해 변형까지 한 그들에게서 강한 자기 지킴의 의지를 엿본다. 우리는 바람과 암벽을 이겨냈노라고, 아니 바람은 벗이 되고 암벽과는 한 몸이 되었노라고, 해서 인고 뒤에 주어진 안식을 흠뻑 누리고 있노라고. 우리의 삶 역시 참고 이겨내면 반드시 안식이 따른다는. 내 마음 한쪽에서 그들의 나지막한 속삭임이 들려오는 것 같다.

서해 물결이 영상 속에서 흰 포말을 일으키며 해안을 친다. 화면이 좁아 아쉽지만 그런대로 다시 유람선을 타고 홍도 해안을 도는 기분이다. 은은한 배경음과 함께 신비한 33경이 차례로 펼쳐진다. 시루떡을 엎어놓은 듯이 보이는 시루떡바위, 병풍을 비스듬히 세워 놓은 것 같은 병풍바위, 이름 모를 짐승의 형상을 한 남문 일대…. 그중 공작새바위에서 홍어굴 주변에 이르는 풍광은 초원을 이룬 해송들로 선경이 따로 없다.

돌아가던 영상이 큰 몸집에 멋이 자르르 흐르는 해송 한 그루에 클로즈업된다. 불그레한 암벽과 군청색 바다에 짙푸른 해송은 한 폭의 그림이다.

(2007.)

낙화

경의선을 타고 일산 병원에 계시는 어머니를 뵙고 온다. 언제나와 같이 점심때가 기울어 서울역에 도착, 일부러 조용한 길로 가기 위해 근처 옹벽 쪽으로 향한다.

몇 년 전부터 치매를 걱정하며 손수 병원을 찾아다니시던 어머니가 총기를 잃으셨다. 작년 6월, 장마 기간에 이상 증세가 생겨난 것이다. 길을 잃고 정처 없이 돌아다니시거나 행동과 말씀이 엉뚱하시므로 불안하여 동생들과 의논해 병원에 모셨다. 그런데 잘못을 저지른 것 같다. 어떻게든 집에 계시도록 할 것을…. 맘껏 돌아다니시던 분이 침대에만 붙잡혀 계시니, 착잡하고 죄스럽기 짝이 없다.

이즈음에는 식사도 제대로 못 하시고 뼈와 가죽만 남은 모습으로 변해 간다. 하루하루 삶에서 멀어져 가는 어머니를 뵙고 오면 밤에 잠을 설친다. 고운 어머니의 젊은 시절도 있었건만, 세월이 언제 이리 흘렀을까. 자랑 같지만, 민첩하고 재치 있고 기력이 좋았던 어머니셨다. 어머니의 기지로 위험 지경에서 살 수 있었던 어린 시절이 전설 같기만 하다. 그때의 어머니가 그립다.

쌀쌀한 바람기가 가시지 않은 3월 어느 날, 엄마는 여섯 살인 나와 백일을 넘긴 동생을 데리고 신안군에 있는 할아버지 댁을 다녀오려고 했다. 목포를 출항한 기선(여객선)은 통통 소리를 내며 유달산 뒤를 돌아 서해로 접어들었다. 그렇게 얼마쯤 항해는 순조로웠다. 엄마는 칭얼대는 동생을 달래고 나는 선실바닥에 누워 잠을 청하고 있었다. 그때였다. 갑자기 "불이야!" 하는 다급한 외침이 들려왔다. 놀라 벌떡 일어나 보니 한쪽 문으로 불길이 벌겋게 혀를 내밀고 들어오는 게 아닌가. 혼비백산! 어느새 사람들이 황급히 다른 쪽 문으로 빠져나가는 것을 보며 나는 동생을 안은 엄마의 치맛자락을 꽉 붙들었다. 엄마를 놓치면 죽을 것 같았다. 모두 서로를 밀쳐대며 갑판으로 올랐다. 엄마도 등을 사람들에게 밟히며 우리를 품에 안고 기다시피 하여 갑판에 올랐단다. 엄마는 우리를 살리기 위해 혼신의 힘을 다한 것이다. 갑판에 오른 사람들은 너도나도 바다로 뛰어들었다. "바다로 뛰어들면 산다!"는 외침이 들려왔기 때문이다.

기선 기관실의 기계 고장으로 불이 붙었다고 한다. 이를 안 선장은 승객들에게는 비밀로 하고 기선을 근처 섬 쪽으로 최대한 가까이 옮겨 놓았다. 그리고 사람들을 바다에 뛰어들게 하여 섬으로 오르게 한 것이다. 다행히 그 바다는 수심이 얕고 천우신조로 밀물 때여서 수영을 못해도 파도에 실려 섬의 해변에 닿을 수 있었던 것이다. 죽은 사람은 갑판에서 발을 헛디뎌 반대쪽 바다로 떨어진 소녀 한 명이었고, 다른 모든 사람들은 큰 부상도 입지 않고 무사했다. 선장이 위험 대처를 잘했기 때문이다.

갑판에서 엄마의 치마폭을 틀어잡고 울던 나는 그래도 철부지였던지라 잠깐 바다에 떠다니는 사람들을 보느라고 한눈을 팔았다. 그 찰나, 엄마가 나를 힘껏 떠밀어 바다로 던졌다. 죽는 줄 알았다. 엄마가 바다에 버리는 줄 알았다. 그런데 몸이 바닷물에 닿기 전, 한 아저씨가 번쩍 안아 든 게 아닌가. 그리고 목마를 태우고 허리에 차는 바닷물을 밀며 천천히 걸어갔다. 아저씨가 누군가를 구하려는 낌새로 갑판을 올려다보자 엄마가 냉큼 나를 그 앞으로 던졌단다. 아저씨의 머리를 붙잡고 고개를 돌려 엄마가 있을 갑판을 올려다보았다. 불길이 닿은 갑판은 비어 있고 엄마는 그곳에 보이지 않았다. 나는 또 울기 시작했다.

그런 와중에 아저씨가 갑자기 "아주머니, 정신 차리세요!" 하며 소리를 질렀다. 소리치는 쪽을 바라보니 뜻밖에 엄마가 바닷물에서 허우적대는 것이 아닌가. 결국 엄마도 동생의 포대기를 입으로 꼭 물고 바다로 뛰어내렸던 것이다. 아저씨의 격려에 힘을 얻었던지 엄마는 무사히 밀물에 밀려 해변에 도착했다. 나와 엄마가 추위에 덜덜 떨며 해후를 하는 동안 아저씨는 급히 어디론가 사라졌다. 황망 중에 고맙다는 인사도 잊었지만 그는 의인으로, 평생 은인으로 기억되는 사람이다. 우리는 그곳에서 마을 사람들의 도움을 받으며 이틀간 안정을 취하고 다시 목포로 돌아왔다. 후에 어머니는 그때의 이야기를 소중한 추억인 듯 들려주시곤 했다. 불 속에서 두 아이를 살린 어머니는 자신이 한 일이라도 두고두고 대견스러웠으리라.

옹벽 밑 좁은 길바닥에 통꽃으로 떨어진 능소화가 수북하다. 며칠 불어친 태풍 무이파를 이겨 내지 못했나 보다. 잠시 걸음을 멈추고 주황빛이 선명한 꽃 한 송이를 주워 든다. 아직도 화사한 꽃잎, 그러나 낙화임을 어찌하랴. 눈앞에 어머니의 얼굴이 어른거린다.

여름이 가고 추석이 지난 며칠 후, 어머니는 만 90세를 일기로 승천하셨다. 하늘빛이 몹시 파랗던 날, 묵주를 들고 꽃버선을 신은 아리따운 모습으로.

어머니 가신 지 어언 두 해, 이제 그만 애틋한 그리움은 접어두고 열심히 여생을 살아가려고 한다. 그렇게 바라실 것 같기에.

(2014.)

메타세쿼이아

'물 향기 공원'을 찾아 메타세쿼이아 나무 밑을 걷는다. 황토색 낙엽이 수북하게 깔린 길이 폭신하고 부드럽다. 이름부터가 특이한 메타세쿼이아, 삼나무과에 속한 침엽 낙엽 교목으로 이즈음 가로변이나 공원에서 부쩍 눈에 띄는 나무다. 원래 메타세쿼이아는 신생대에 북반구에 널리 분포했다가 사라진 식물로, 화석으로만 알려지고 있었다. 그런데 1945년 중국 양쯔강 상류에서 다시 발견되면서 '살아 있는 화석나무'로 유명해졌다. 나무 전체의 모습이 원뿔 모양으로 가을철 내내 푸르다가 10월 말쯤 단풍을 들여 한꺼번에 죄 잎을 떨어내는 유별난 낙엽수이다. 수형이 전나무를 닮은 데다 늦게까지 단풍이 들지 않아 자칫 상록수 종으로 오인될 수 있는 나무다.

바로 내가 이 나무를 상록수로 착각하여 잘못을 저지른 일이 있다.

몇 년 전, K문우와 남이섬에 갔을 때다. 10월 말께로 섬은 가을이 한창이었다. 물그림자를 비추며 색동으로 물든 숲, 청량한 바람결에 강물은 소리 없이 밀려오고 강가에 무리를 지어 하얗게 일렁이는 억새들도 좋았다. 연인들의 데이트 장소로 알맞다는 소문같이 섬은 호젓하고 아름다웠다.

우리가 강변을 뒤로 하고 드라마 ≪겨울연가≫의 배경이었던 섬 한가운데에 이르러서다. 뜻밖에 좁다란 길 양쪽에 생각지 않은 초록 나무의 행렬이 나타난 것이다. 낯선 교목으로 높이가 3~4미터쯤 되고 침엽이며 그때껏 무성한 것으로 보아 상록수 종임을 의심하지 않았다. 상록수는 겨울에도 잎이 떨어지지 않고 대개 침엽이라는 것, 그런 내 상식에 맞추어 보니 바로 상록수였다.

그날 집으로 와서 일기를 썼다. 물론 갖가지 낙엽 빛깔에 섞이지 않고 갈매색으로 인상적이던 메타세쿼이아를 상록수로 소개하면서. 아뿔싸! 일은 벌어졌다. 그날의 남이섬이 기억에 남아 일기를 다듬어 수필 한 편을 썼기 때문이다. 작품은 얼마 후, 세상에 내보내졌으니…. 가끔 다른 분의 글에서 맞춤법이나 띄어쓰기 등의 오류가 있기는 하나, 낙엽수를 상록수라고 한 내 잘못은 그와 비교도 할 수 없는 큰 잘못이었다.

얼마 후, 숲 해설 공부를 하며 메타세쿼이아는 낙우송과 같이 상록수가 아니라는 것과 단풍이 드는 시기도 곳곳의 기후에 따라 차이가 난다는 것을 알게 되었다. 그래서 남이섬의 메타세쿼이아가 10월이 다 가도록 푸르렀던 모양이다. 이 난감함을 어찌하랴. 부끄럽기 짝이 없었다. 글을 써서 발표한 내가 한탄스러웠다. 두렵기도 했다. 누가 따져들기라도 하면 어쩌나. 독자들이 나 때문에 메타세쿼이아를 상록수로 인식해 버리면 어찌하나. 나무에 대해 잘 아는 사람은 얼마나 어이없어 할까.

그 다음부터 주변에서 메타세쿼이아를 보게 되면 새삼 잘못이 되살려지는 것이었다. 어느 틈에 나무가 미워지기 시작했다. 그럴 때면 남모르게 나무를 나무랐다. "다른 나무들은 부드러운 느낌을 주는 우리나라 산야와 잘 어울리는데 너희들은 끝이 뾰족하여 통 어울리지 않아!" 하면서. 특히 낙엽수가 아닌 듯 시치미를 떼다가 하루아침에 잎을 떨쳐 버리는 그 성깔이 미웠고, 잘난 척 자기만 쑥쑥 하늘로 치솟는 모습도 마땅치 않았다.

그런데 다른 사람들의 생각은 전혀 달랐다. 뉴스를 통해 그들은 말했다. 메타세쿼이아는 봄이면 보드라운 연두색 싹이 예쁘고, 여름이면 무성한 잎으로 그늘을 내리고 산소를 배출하여 우리의 건강을 돕고, 가을에는 낙엽으로 비단길을 만들며 경관을 더없이 아름답게 한다고. 또 겨울이면 까치집이 얹힌 나무 꼭대기가 정답고 사랑스럽지 않느냐고. 그래서인지 담양의 메타세쿼이아 길은 해마다 수많은 관광객을 불러들이고 한강 근처의 반포동에도 자리를 잡고 있을 뿐 아니라, 천년 고도 경주에도 이미 502본의 나무를 심고 그 길의 명칭을 '알천 햇살길'로 결정했다나.

어언 그 수필을 발표하고 마음을 졸인 지 몇 년이 흘렀다. 그동안 고맙게도, 내 잘못을 지적하며 질책하는 말이나 전화 한 통 받지 않앗다. 오류는 뒤에 저자가 더 잘 발견하겠거니, 더 마음 아파하겠거니 하며 독자들이 너그럽게 이해해 준 것이리라. 이젠 썰물이 밀려난 바닷가에 선 것처럼 마음이 고요하다. 사실, 메타세쿼이아는 신생대로부터 이어진 화석 나무로 신기하고 매우 소중한 나무가 아닌가. 귀한 자연물을 자신의 잘못을 변명하기 위해 미워한 일이 후회가 된다. 앞으로 그 실수를 발전을 향한 디딤돌로 여기고 '빨리빨리'에 젖어 실수를 잘하는 내 근성을 고치도록 해야 할 것 같다. 그리고 나도 여름이면 나무 그늘을 즐기고, 고즈넉한 11월이 되면 오늘같이 낙엽이 쌓인 길을 즐겨 찾으리라.

어둑한 숲 어디에선가 한기가 서서히 달려든다. 벌써 두어 시간이 지났나 보다. 머플러를 고쳐 두르고 한 번 더 아득한 나무 꼭대기를 올려다본다. 수없는 잔가지들이 나무마다 그물망 같은 타원을 만들어 놓고 있다. 어쩜 신생대에 존재했을지 모르는 커다란 잠자리의 날개 같기도 하다. 멋진 메타세쿼이아 나무다. 나는 더 참지 않고 멈춰 서서 속마음을 털어 놓는다.

"… 너희들을 좋아한단다!"

(2013.)

결실

과일 가게에 먹음직한 홍시가 놓이면 감나무가 생각난다. 올해는 얼마만큼 결실을 이루었는지. 유난히 크고 탐스러웠던 감 두 개, 그 기억이 아직도 생생하다.

이태 전, 우리 다가구 주택은 오매불망 기다리던 재건축을 시작하였다. 때가 겨울 초입이라서 이사하기에 어려움이 많았으나 모두 집을 비우기로 했다. 다행히 우리 가족도 인근에 있는 작은 이층집을 빌려 이사할 수 있었다. 급히 마련한 집은 도로변인 데다 마당도 베란다도 없어서 다섯 식구가 살기에는 많이 불편했다. 하지만 그런대로 견뎌 낼 수 있었다. 그것은 재건축에 대한 기대와 셋집에서 우연찮게 정들인 감나무 덕이 아닌가 한다.

봄이 무르익어 가던 어느 날, 겨울 내내 닫아 놓았던 부엌 뒤 다용도실의 창을 열었다. 그러자 뜻밖에 커다란 꽃나무 한 그루가 바싹 눈앞에 다가서는 것이 아닌가. 5, 6년생쯤 되어 보이는 감나무가 우리 창 밑의 빈 터에 뿌리를 묻고 활짝 꽃을 피우고 있었다. 가지마다 돋아난 어린 잎 사이에 희다 못해 연둣빛을 살짝 머금은 조그만 꽃들. 우리는 그 싱그러운 창가에서 좁은 집 안의 답답함을 잊을 때가 많았으니 참으로 고마운 일이다. 그래서 사람은 살기 마련인 듯싶다. 나는 특히 창 너머 옥상에다 빨래를 해 널며 거의 매일 감나무 곁을 지나다녔다.

하루 이틀 사흘 시나브로 감꽃이 졌다. 그러더니 꽃이 진 자리마다 고만고만한 아기감이 맺히는 것이다. 동글하고 손톱만큼 작은 풋감들이다. 나는 시골에서 본, 가지가 휘어질 듯 열린 수많은 주홍색 감을 떠올리면서 눈앞 감나무의 가을을 상상해 보았다. '얼마나 풍성하고 멋진 모습일까' 하고.

그러나 1998년, 그해는 유난히 장마가 기승을 부렸다. 갑자기 지리산 골짜기의 물이 불어나 인명 피해까지 생겼던 안타까운 해였다. 텔레비전과 신문에서 매일매일 비로 인한 피해와 걱정거리를 전해 왔다. 서울의 하늘도 먹구름에 싸여 며칠간 내내 빗줄기를 세차게 퍼부었다. 어린 풋감들이 견뎌 낼 리 없었다. 빗줄기가 쏟아질 때마다 툭, 툭 힘없이 떨어져 내려 옥상 바닥에 뒹굴었다. 못내 안쓰럽던 모습들이 지금도 눈에 선하다.

장마가 그치고 이내 삼복이 지났다. 나무에 드문드문 남은 풋감이 제법 아이의 주먹만큼 커졌다. 그 무렵 우리는 감나무 곁을 떠나왔다. 9개월 만에 새 집이 완공되어 입주를 한 것이다. 그리고 나서 한동안 이것저것 집 안 정리로 바쁘기만 했다.

추석이 지나 한 달쯤 뒤, 다용도실 창가에 있던 감나무가 생각났다. 일요일, 열 일 제치고 주인댁에서 열쇠를 빌려 혼자 문을 열고 집 안에 들어섰다. 그때까지 세가 나가지 않아 빈집이었던 것이다. 부엌문을 열고 나가 익숙한 솜씨로 다용도실의 창을 열었다. 자꾸만 떨어지던 풋감이었지만 적어도 열 개 이상은 남아 잘 익어 갈 것이라고 여기며. 그러나 창을 열자마자 시야에 들어오는 것은 윤기를 잃고 오므라드는 감잎들이었다. 한참 뒤에야 건너편 가지에 매달려 잎들로 가려진 감 두 개를 발견했다. 그뿐, 여름내 손에 닿을 듯 가깝게 한들거리며 끝까지 매달려 있던 정든 풋감도 보이지 않았다. 아무리 날씨가 심술을 부리고 좁은 터에 산다고 하더라도 저 많은 가지와 덩치로 결실이 고작 두 개뿐이라니…. 결국 둘을 위해 그렇게 많은 꽃들과 잎, 그리고 풋감을 맺는 수고를 한 것일까.

하지만 나는 감나무를 나무랄 수 없었다. 봄부터 여름 내내 감나무가 최선을 다했음을 알기 때문이다. "결과보다는 과정이 소중하다." 란 말이 있다. 올해 감나무가 그러한 것이리라. 성긴 잎 사이에 배꼽이 선명한 커다란 감, 대봉 두 개. 수효는 적을지언정 분명히 실한 열매였다. 아니 둘뿐이기에 더 크고 실한 것이리라. 노란 대봉 두 개가 푸른 하늘과 어울려 어찌 그리 탐스럽고 옹골차 보이던지.

감나무는 유실수다. 어찌 많은 열매를 원하지 않았으랴. 버리는 풋감들이 왜 아깝지 않았으랴. 그러나 감나무는 자신의 위치에서 자기 능력을 가늠할 줄 알았던 것이다. 궂은 날이 많았던 그해, 높은 집과 집 사이에 자리한 감나무로서는 많은 풋감을 버려야 했다. 가장 소중한 두 개를 지키기 위해.

이 세상은 창조주의 오묘한 조화로 인해 만물이 존재하고, 각각 그가 주신 모양새로 살아가는 게 아닐까. 어떤 감나무는 산비탈에서 작달막한 크기로 살고, 어느 감나무는 시골 집 뜰 안 부드러운 토양에서 거침없이 가지를 뻗는다. 또 도시의 감나무는 거개 집과 빌딩 틈의 비좁은 땅에서 이리저리 뿌리를 뻗고 살아간다.

만일 내가 감나무라면 어느 곳에 뿌리를 묻은 것일까. 그래, 옥토(沃土)가 아니라도 탓하지 않기로 했다. 한두 개의 결실이라도 놓인 자리에서 최선을 다한 것이라면 창조주가 보시기에 아름답지 않겠는가. 나다운 결실을 위하여 내게 수없이 매달린 풋감들을 버려야겠다.

창가에 바람 한 자락이 서늘하게 불어왔다.

봉숭아꽃물

마트에 다녀오며 화원에 들러 봉숭아 모종 대여섯 포기를 샀다. 지난번에 본, 매니큐어를 칠한 손녀들의 손톱이 마음에 걸려서이다. 올여름에는 봉숭아 꽃물로 손녀들과 제 엄마의 손톱을 예쁘게 만들어 주어야겠다. 작은손녀는 시늉만 해 주고, 큰손녀는 여섯 살이니 무명지와 새끼손톱에 꽃물을 제대로 들여 주리라. 모종들을 조심히 집으로 가져와 화분에 옮겨 심고 베란다에 놓았다.

봉숭아 꽃물에 대한 내력이 전설과 함께 전해지고 있다. 봉숭아는 일명 봉선화(鳳仙花)라고도 한다. 옛날, 거문고를 잘 타던 봉선이라는 소녀가 임금님을 사랑하여 궁전 앞에서 밤이고 낮이고 거문고를 뜯었다. 그러다가 기진맥진한 봉선은 열 손톱을 피멍으로 물들인 채 쓰러져 숨을 거두고 말았다. 이듬해 봉선의 무덤에서 꽃이 피어났는데 사람들이 불쌍한 봉선이의 넋이라고 여겨 봉선화라고 불러 주었다. 그 후 여인네들 사이에는 손톱에 꽃물을 들이는 습속이 생겨났다고 한다.

꽃물들이기는 먼저 햇빛을 많이 받고 자란 봉숭아를 골라 꽃과 잎을 넉넉히 준비한다. 그 꽃과 잎을 헌 양푼이나 허드레 그릇에 넣고 백반과 소금을 조금 섞어 찧는다. 찧은 것을 손톱의 크기보다 조금 넓게 손톱에 올리고 랩으로 싼 후 실로 감거나 테이프로 고정시킨다. 그리고 나서 서너 시간 후 묶음을 풀어내면 손톱에 예쁜 붉은 물이 영락없이 배어 있다. 예전에는 랩이 아닌 콩잎으로 싸고 무명실을 이용해 묶었으나 도시에서는 구하기 어려우니 랩이나 테이프를 사용해야지 싶다.

우리 어머니들은 꽃물들이기를 마치 연중행사인 양 여기고 즐기셨던 것 같다. 어렸을 적 엄마랑 아줌마와 언니들이 모여 앉아 꽃물을 들이던 장면이 아스라이 떠오른다. 나는 대여섯 살쯤이고 엄마는 서른을 갓 넘겼던 어느 여름날 저녁, 외갓집에서의 일이다. 마당 가운데에는 모깃불이 타고 한쪽 장독대 근처에는 여인네들이 꽃물을 들이기 위해 모여들었다. 일찍이 저녁 설거지도 마친 터에 누구 한 사람 불러대는 남정네도 없고 만판 여인들만의 오붓한 시간이 마련된 것이다. 남포 불빛 아래 밤늦도록 손가락을 싸매 주며 담소를 나누던 화기애애한 분위기 속에 또래들과 나는 괜히 신바람이 났었다.

그 와중에 나를 챙기신 엄마는 검정 통치마에 무늬가 있는 흰 포플린 저고리를 입으셨던 것 같다. 짧은 옷고름에 소매는 걷어 올린 차림으로 꽃물 재료를 옆에 놓고 내 앞에 바싹 다가앉으셨다. 아, 그때 엄마의 소복한 가슴께에서 풍기던 향기로운 젖 냄새! 꽃물을 들이며 앞으로 숙인 엄마의 흰 이마와 반듯한 가르마, 양머리(머리카락을 모두 모아 뒤로 틀어 올린 현대식 머리모양)에 꽂힌 까만 일자 핀 하나가 선하다.

초등학생일 때는 꽃물을 들이기 위해 동네 친구들과 어울렸다. 꽃물을 들인 다음 날, 누가 더 예쁘게 잘 들었나 하고 몰려다니며 친구 손톱을 살펴보던 재미도 제법이었다. 중·고등학교 다닐 때까지 내 꽃물들이기는 이어졌으나 결혼하고 서울 생활을 시작하면서 뒷전으로 물러나고 만 것이다. 일상이 바쁘다 보니 그리 되었고 대도시에서는 봉숭아를 보기가 쉽지 않아서라고 변명해 본다.

시골에서 살았을 때 봉숭아는 여름이면 주변에서 성시를 이루곤 했다. 집 마당 장독대 근처는 물론 담 밑, 골목길의 자투리 땅 등 씨앗을 뿌리지 않아도 저절로 싹이 트고 꽃을 피웠다. 아무 곳에서나 맘대로 몇 포기 뽑아 와도 눈치 볼 일 없고, 꽃과 잎을 따 와도 나무라는 이 없었다. 봉숭아는 임자를 따질 것 없이 우리 모두, 누구나의 꽃이었던 것이다.

몇 년 전 중국 여행길에 그곳 조선족 마을을 구경했다. 아담한 초가 마당 장독대 곁에 알록달록 꽃이 핀 봉숭아 밭을 보았다. 그들은 조선족임을 드러내는 징표로 앞마당에 일부러 봉숭아를 가꾼다고 한다. 그렇다면 꽃물들이기도 알고 있으리라. 타국에서 살아가지만 고국을 잊지 않고 민족성을 이어 가려는 조선족들에게 진한 연민이 느껴졌다.

우선 우리 주변에, 너와 나의 집 안에 봉숭아를 심고 가꾸어야겠다. 뜰이 없으면 화분인들 어떠랴. 몇 천 년 전, 백제 때부터 이 땅에 내리 피어났다는 여리고 사랑스러운 봉숭아. 전설도 그렇거니와 여인네들의 손톱에 물든 봉숭아 꽃물은 얼마나 멋스러운가. 선인들이 물려준 아름다운 풍속이 엄마가 딸에게 딸이 또 딸에게, 길이 전승되었으면 하는 바람이다.

오후라서 화분이 놓인 베란다에 그늘이 져 있다. 동남향의 베란다이니 아침녘에는 날마다 환한 햇빛이 모종을 함빡 비춰 줄 것이다. 그러다 보면 6월이 채 되기 전에 꽃망울을 매달지도 모른다. 새삼 꽃물을 떠올리게 한 손녀들이 사랑스럽고, 유년의 추억 속에 그리운 어머니의 모습이 아른거린다.

(2016.)

어느 정류장에서

한창 가을빛이 짙다. 도로변과 아파트 주변에 있는 초목들이 거의 저마다 예쁜 단풍잎으로 물들었다. 10월의 마지막 일요일, 오랜만에 친구를 만나고 정류장에서 서울행 버스를 기다린다.

안내판이 버스의 도착 시간을 친절하게 알려 주고 있다. 내가 타야 할 버스는 20여 분 후에 도착할 예정이다. 짐을 벤치에 내려놓고 무료하여 주변을 돌아본다. 수시로 버스가 정거하여 한두 사람을 태우고 이내 속력을 낸다.

정류장 부근 자투리땅에 심어진 단풍나무, 버드나무, 어린 느티나무들이 시나브로 잎을 날리고 있다. 바람 한 자락이 회오리치듯 거세게 불어온다. "후르르" 수없이 날아든 단풍잎들이 발 앞에 뒹군다.

단풍잎 하나를 주우려고 몇 발자국을 떼어 놨을 때다. 비둘기 대여섯 마리가 먹이를 찾고 있다. 조그맣고 동그란 눈으로 이쪽저쪽 살피며 아장거린다. 고만고만한 작은 집비둘기들인데 그중 한 마리는 몸집이 크다. 그런데 그 비둘기의 몸놀림이 둔하다. 딱하게도 오른쪽 발목이 끄나풀에 묶여 발가락이 모두 오그라져 있는 게 아닌가. 절룩거리다가 깨금발 뛰듯 뛰어다니며 먹이를 찾아다니는 모습이 여간 짠하지 않다. 먼지 묻은 불그스름한 끄나풀은 포장할 때 사용하는 비닐 끈이다. 10센티미터쯤 된다.

인기척을 느낀 작은 비둘기들은 떼 지어 날아가고 발목 묶인 비둘기는 혼자 남아 여전히 어설픈 걸음으로 먹이를 찾는다. 묶인 발목의 고통을 참으며 먹어야 산다는 듯 눈앞에서 절름거리니 마음이 아프다. '잠깐만 붙잡혀 주면 휴대용 손톱깎이로 없애 줄 텐데….'

살금살금 뒤를 따라다니며 붙잡을 기회를 노린다. 하지만 못 하겠다. 붙잡으려다가 푸드득거리면 십중팔구 질겁하며 그만 놓아 버릴 나다. 비둘기는 남자가 잘 잡을 텐데, 정류장에는 아주머니 한 분과 소녀가 한 명 있을 뿐이다. 경찰아저씨께 부탁하려고 근처 지구대를 찾았으나 경찰학교밖에 없다. 더구나 경찰학교는 비어 있고 자물쇠까지 채워져 있다.

뾰족한 수가 없어서 답답하다. 비둘기는 여전히 모이를 찾고 있는데, 기다리던 버스가 정류장에 도착했다. 하지만 마음에 걸려 갈 수가 없다. 버스를 그냥 보내고 마땅한 사람이 오기를 기다린다. 조금 있으려니 인상이 좋은 중년 아저씨 한 사람이 오고 있다. 반갑다.

"아저씨, 저 비둘기가 발목이 묶여 있어요. 풀어 줘야 하는데 아저씨가 비둘기를 좀 붙잡아 주실래요? 그러면 이것으로 매듭을 찾아

끊을 테니까요." 하자 아저씨는 빙그레 웃더니 "아주머니가 붙잡으세요. 그러면 지가 자르지요." 한다. 그래도 아저씨가 곁에 있으니 용기가 나서 손톱깎이를 맡긴 다음, 팔을 벌리고 비둘기 뒤로 한 걸음 두 걸음 소리 없이 옮기고 있는 중이다. 그런데 "저기 버스가 와요." 하며 아저씨가 느닷없이 손톱깎이를 주고는 성큼성큼 정류장으로 바삐 가 버린다.

'어쩌지?' 자문하다가 문득 강진 장이를 떠올렸다. 집 주위에 일부러 울을 치지 않고 살기 때문에 허적하여 개 한 쌍과 고양이 몇 마리를 기르고 있다. 이것들은 아예 장이의 가족이나 다름없다. 아프면 아가리를 벌려 약을 먹이고 새끼를 낳으면 산후 처리까지 하고 부드러운 죽까지 쑤어 준다. 그러니 주인이 해롭게 하지 않음을 알고 억지로 약을 먹여도 막 낳은 새끼를 만져도 순종한다고 한다. 비둘기도 마찬가지가 아닐까. 장이는 이런 경우 용감하게 대들어 비둘기의 고통을 없애 줄 것이다. 장이를 생각하니 힘이 난다.

죽기 살기로 용기를 냈다. 팔을 다시 벌리고 비둘기 뒤를 밟는다. '해치지 않을 테니 절대 안심하렴. 편하게 해 줄 테니.' 맘속으로 달래며. 이런 때 비둘기와 대화를 할 수 있다면 얼마나 좋을까.

구부정하니 허리를 굽히고 한 발짝 다가갔을 때다. 갑자기 "푸드득" 소리가 나는가 싶더니 비둘기가 공중으로 치솟는 게 아닌가. 그리고 이내 유유히 두 날개를 펴고 도로 건너 빌딩의 옥상으로 날아가 버린다. 순식간의 일이다.

버스는 침울한 나를 싣고 과천대로를 달린다. 주변이 관악산이고 나무가 많은 과천의 풍경은 색색의 빛깔로 물들어 아름다운 가을을 연출한다. 하지만 나는 비둘기 생각뿐 창밖 풍경엔 관심이 안 간다. '어떤 사람이 비둘기 발목을 발가락이 오그라질 정도로 묶었을까.' 약을 해 먹으려고 잡으려다가 놓친 것 같기도 하다. 그랬다면 요즘 좋은 약이 많은데 하필 비둘기를? 그렇더라도 고통은 없게 해야 할 것 아닌가. 아니면 집에서 기르려고? 도무지 그 주인공이 못마땅하다.

동물에 대한 사람의 태도를 생각해 봐야 할 일이다. 물론 병균이나 나쁜 세균을 퍼뜨린다든지 맹수같이 우리를 함부로 해친다면 없애고 경계해야 함은 말할 여지가 없다. 우리 삶을 위협하므로 방치할 수는 없는 일이다. 그러나 함부로 다루거나 고통스럽게 해서는 안 된다. 하긴 모든 사람들이 그러는 것은 아니다. 사람의 손에 목숨을 구하고 도움을 받은 경우도 적지 않다. 그런 예를 떠올린다면 그 비둘기가 사람을 참 잘못 만난 것이다.

나도 반성할 점이 없지 않다. 어설픈 동정심으로 쫓아다니며 먹이를 더 찾고자 하는 비둘기를 방해하는 결과를 초래했으니. 도와주기를 기다리는 듯 한참 떠나지 않았는데…. 겁 많고 다부지지 못한 내가 한심스러울 뿐이다.

가엾은 비둘기의 모습이 내내 어른거린다. 마음이 무겁다. 발목에서 떨어질 줄 모르는 그 비닐 끄나풀은 점점 더 발가락을 조일 텐데.

그래 가지고 온전하게 살 수 있을까. 부디 어서 빨리 인정 있고 다부진 사람을 만나기를 빌어 본다. 제발 끄나풀이 풀어져 발가락을 펼 수 있기를.

(2018.)

02

두물머리

힘차게 노를 젓던 사공의 믿음직한 모습이 보이는 듯하다.
지금은 풍경에나 일조하는 돛배와 나룻배지만
옛적에는 주요한 교통수단이었고
내 소중한 추억거리가 아닐 수 없다.
– 본문 〈두물머리 연가〉 중에서

두물머리 연가

떠나려는 가을을 그냥 보낼 수 없어서 두물머리 물레길을 걷는다. 쌀쌀한 날씨 때문인지 사람이 많지 않아 한적하다. 연인인 듯 젊은이들 두어 쌍 지나가고 가게 앞에서 젊은 부부가 아이와 셋이서 음식을 먹는다. 강가에는 갈대들이 계절준비로 윤기를 잃었는데 그 곁 물속에서 오리 한 쌍이 자맥질로 신이 나 있다.

두물머리는 금강산 기슭으로부터 흘러드는 북한강과 강원도 금대봉 기슭에서 발원한 남한강 줄기가 합수하여 서울을 지나는, 우리의 한강이 이루어지는 곳이다. 원래 나루터가 있어서 강을 통한 교통의 요충지로 번창했다. 그러나 팔당댐이 건설되고 육로가 신설되면서 그 기능을 잃고, 대신에 아름다운 풍광으로 인근 사람들의 좋은 휴식처가 되고 있으며 특히 지명이 그럴싸해서인지 연인들이 잘 찾는다고 한다.

나루터였다고 하는 커다란 느티나무 앞이다. 잠시 서서 시야를 넓히니 나도 모르게 가슴속이 훤히 트인다. 다산 정약용 선생이 절친한 초의선사에게 이곳에 와 살기를 권유했다고 하며, 정선의 그림 〈독백탄(獨柏灘)〉의 일부가 이곳이라니 과연 수묵화 한 점이다. 안개가 끼는 새벽녘이나 저녁노을이 드리우면 더욱 절경이라고 한다. 아름다운 우리 강산이다.

물가에는 옛 나루터를 상징하듯 빛바랜 황포돛배와 작은 나룻배 한 척이 고즈넉이 물결에 흔들리고 있다. 북적이던 사람들 틈에서 활기에 넘치던 그 시절은 어디로 갔을까. 지난날 몇 번 목선(돛배와 나룻배)을 탔던 기억이 아스라이 떠오른다.

한여름이었던가 싶다. 어느 날 저녁 무렵, 목포 뒷선창에서 돛배를 타고 엄마랑 자은도 외가에 갔던 기억이다. 미풍이 불어 배는 미끄러지듯 바다 위를 지났다. 어느덧 노을이 진 하늘에는 총총 별이 떠 있었다. 사람들은 갑판에서 밤바람을 쐬는데, 나는 밀 부침개를 먹다 말고 엄마 무릎에서 잠을 청하였다. 그때 바라본 수많은 별들…. 그 별들은 지금도 내 하늘에서 빛나고 있는 찬란한 보석들이다.

나룻배를 탔던 일도 떠오른다. 초등학교에 근무했을 때였다. 2학기를 앞두고 증도를 가야 하는데 목포에서 출발하는 발동선을 놓치고 말았다. 할 수 없이 버스로 지도읍을 통과해 아흔아홉 굽이라는 산모퉁이를 돌아 나룻배를 탔다. 먼 길을 돈 까닭에 해는 이미 바다 너머로 지고 하늘엔 휘영청 달이 밝았다. 얼마 후, 나룻배는 달빛 속에 바다 위를 떠돌다가 목적지에 닿았다. "삐거덕 삐거덕" 상체를 반복하여 굽혔다가 일으키며 힘차게 노를 젓던 사공의 믿음직한 모습이 보이는 듯하다. 지금은 풍경에나 일조하는 돛배와 나룻배지만 옛적에는 주요한 교통수단이었고 내 소중한 추억거리가 아닐 수 없다.

커다란 느티나무 곁에서 강 건너를 배경하여 연인들이 즐겁게 사진을 찍는다. 역시 젊음은 인생의 꽃이다. 그들의 젊음이 내게도 번져 오는 것 같다. 다음은 소원쉼터와 물안개쉼터를 거쳐 한강의 제1경이라는 두물경으로 향한다. 곡선으로 이어진 흙길을 200미터쯤 걸었을까. 기름한 족자섬이 손에 닿을 듯 가깝다. 그리고 보니 나루터에는 남한강 줄기가 흘러들고 오른편 신양수대교 밑을 거쳐 오는 물길은 북한강 줄기다. 곧 두 물줄기는 바로 족자섬 앞에서 한몸을 이루는데, 이 신기하고 상서로운 곳을 족잣여울 또는 독백탄이라고 한다.

두물경의 표지석 뒤에 황명걸 시인의 〈두물경에서〉라는 시가 새겨져 있다. 남북한이 하나로 합쳐지기를 고대하는 내용이다. 평양 출신인 그는 대동강변과 비슷한 이곳 가까이 살며 통일을 염원하고 고향 그리움을 달랬다고 한다. 남쪽에서 나고 자란 내가 어찌 그 심경을 가늠하랴.

강바람이 제법 쌀쌀하다. 고즈넉한 강가에 마른 갈잎이 서걱거리고, 지다 만 억새꽃이 고개를 든다. 어디선가 미성(美聲)의 귀에 익은 테너 한 가락이 들려오는 것 같다. "물망초 꿈꾸는 강가를 돌아/ 달빛 먼 길 임이 오시는가/ 갈 숲에 이는 바람 그대 발자췰까/ 흐르는 물소리 임의 노래인가…."

노을 녘이면 긴 강둑에서 청년은 아리아를 즐겨 부르고 가곡도 잘 불렀다. 두물경의 운치에 젖었음인가, 청년의 모습이 떠오른다. 그는 교회 찬양대 지휘자로 의대에서 음대로 전과(轉科)하기 위해 휴학 중이었다. 나도 졸업 후 교사발령을 기다리던 때라 주일 예배가 끝나면 가끔 그와 어울렸다. 그러던 어느 날, 단둘이 되었을 때 그가 여느 때와 다른 투로 나직이 말했다. 꺾지 않겠노라고. 강 건너 수선화같이 언제까지나 바라보기만 할 것이라고.

스물네 살, 청년의 순수한 고백을 나는 대수롭지 않게 여겼다. 그냥 지나가는 말이거니 여겼다. 겨울이 가고 새봄이 왔을 때 그는 서울 음대에 입학했고 나는 섬 학교로 발령을 받았다. 전화도 쉽지 않았고 스마트폰도 없었을 때다. 그 후 얼마 되지 않아 나는 남편을 만났다. 그가 말한 대로 강 건너 꽃이 된 것이다. 두물머리가 아닌, 그와 나는 영원히 합류할 수 없는 각각 다른 물길이 되었다.

부질없는 생각을 털며 두물경을 뒤로한다. 나루터로 돌아와 따끈한 차 한 잔을 마시고 나니 심신이 가볍다. 이런저런 추억 속에 잠긴 가을 하루가 기울기 시작한다. 홀가분한 마음으로 귀로에 오르며 강물을 향해 손을 흔든다.

(2018.)

마니또 놀이

〈마니또의 선물〉이란 수필 한 편을 재미있게 읽었다. 성탄절을 앞두고 교우들끼리 서로 마니또가 되어 선물을 나누었다는 따스하고 정겨운 얘기다. 물론 마니또는 추첨을 통해서 정했다고 한다. 선물은 묵주, 양말, 목도리 등으로 부담이 적은 것을 택하여 마음을 주고받았다는 내용이다.

마니또(manito)! 매력적인 이 말을 처음 들었던 몇 년 전이 떠오른다. S초등학교에서의 일이다. 여름방학이 시작된 날, 일찍 아이들을 집으로 보내고 전 직원이 전주의 덕진공원을 향해 전세용 버스를 탔다. 친목 겸 문화 탐방으로 덕진공원 안의 홍련밭이 목적지였다. 올림픽대교를 지나 서울 남쪽 톨게이트를 빠져나갔다. 우리는 끼리끼리 자리에 앉아 방학을 맞은 홀가분한 마음으로 창밖을 내다보거나 옆 사람과 담소를 나누었다. 창밖은 비구름에 싸여 7월의 녹음이 더 짙고 푸르렀다.

차가 용인시를 뒤로하고 내달리자 친목회를 맡은 윤 선생이 운전 기사님을 소개하고 이어 오늘 하루 '마니또 놀이'를 해 보는 게 어떠냐고 물었다. 젊은 선생들이 환영한다며 손뼉을 쳤다. 윤 선생이 마니또에 대하여 의아해하는 나 같은 사람을 위해 그 뜻과 놀이 방법을 설명했다. 마니또는 이태리어로 '수호천사'라는 뜻인데 겉으로 드러나지 않게 도움을 주는 '비밀 친구'라고도 한단다. 각자의 마니또가 정해지면 그를 위해 한 가지씩 좋은 일을 해야 한다는 것이다. 작은 선물도 좋고 도움이 될 만한 마음씀 같은, 이를테면 수호천사의 역할을 하는 것이란다. 주의할 점은 절대 자신이 그의 마니또라는 것을 눈치 채지 못하게 하고, 서울로 돌아가 버스에서 내리는 순간 마니또 놀이도 끝이 난다고 했다.

곧 조그만 바구니가 순회를 했다. 바구니 속에서 각자가 쪽지를 집어내고 그곳에 씌어진 사람의 마니또가 되는 것이다. 나는 이 기사님을 뽑았다. 이 기사는 행정실에 속하여 급식일도 돕고 교실 안팎의 시설을 살펴 주는 일을 한다. 그를 위해 할 일을 잠시 생각해 보다가 그냥 상경할 때 호두과자나 선물하려고 마음먹었다.

시장하다는 말이 돌아 중도에 어느 식당에서 이른 점심을 들었다. 메뉴는 쌈밥이었다. 나도 여자 동료들 틈에 끼어 쌈을 만드는데 김 선생이 슬그머니 곁에 와서 내게 쌈 한 덩이를 권했다. 고맙다고 했더니 웃으며 내 마니또가 보낸 것이라고 했다. 대체 누굴까. 김 선생에게 한쪽 눈을 찡긋하며 물었으나 도리질만 할 뿐이었다. 눈앞의 젊은 여선생들을 살펴보았지만 누군지 짐작이 안 갔다. 그때서야 내가 살펴 드려야 할 이 기사님이 생각나서 쌈을 보내려 했지만 이미 모두들 식사가 한창이라서 심부름을 부탁하기가 어려웠다.

전주시내 어디쯤엔가 버스가 정차하여 우리는 도보로 덕진공원의 홍련 밭으로 향하였다. 잿빛 구름은 하늘을 가렸으나 비는 그쳐 천천히 걷기에 좋은 날씨였다. 더구나 나는 김 선생이 마니또의 부탁이라고 하며 손가방까지 들어 주었으니 맨몸이라서 가뿐했다. 10여 분 정도 걸었을까, 일만삼천 평이라는 드넓은 연지가 눈 안에 들어왔다. 조그만 양산처럼 생긴 푸른 연잎에 은구슬이 방울방울 얹혀 영롱하게 빛났다. 무안 회산지의 백련이 고아한 학의 모습이라면 그곳 덕진지의 연꽃 봉오리는 초록 바다에 떠 있는 붉은 꽃등이라고 할까.

연지 가운데로 나 있는 나무다리를 건너자 취향정이 반겨 맞아주었다. 정자의 난간에 앉아 연지를 배경으로 사진 한 장을 찍고 싶은데 마침 곁에서 전 선생과 남자인 장 선생이 카메라 앞에서 포즈를 취하는 것이 아닌가. 그 순간을 놓치지 않고 냉큼 끼어들어 나도 함께 찍었다. 나중 알고 보니 장 선생이 전 선생의 마니또로서 둘이서만 찍으려 했던 기념사진이었다. 그것을 방해했으니 지금도 조금 계면쩍고 우습다.

두어 시간 연지에서 시간을 보내고 귀로에 올랐다. 오던 중에 이천에 있는 도자기 마을에 들렀다. 도자기를 만드는 과정 등을 알아보고 우리 몇몇은 미리 뜰로 나왔는데 눈앞에서 문 선생과 박 선생이 자전거를 타고 빙글빙글 돌고 있었다. 아마 남자 문 선생이 여자 박 선생의 마니또인 듯싶었다. 우리는 마니또의 특별한 선물을 받는 박 선생을 부러워하며 즐겁게 박수를 쳐 주었다.

서울로 돌아오며 마니또를 밝히는 시간을 가졌다. 한 사람씩 일어서서 마이크를 들고 마니또를 밝힐 때마다 웃음이 터져 나왔다. 마니또의 대상은 짐작과 다른 경우가 많았다. 내 마니또는 강 선생이었다. 강 선생은 그해에 교대를 졸업하고 우리 학교에 첫 발령을 받아 매사에 열심이고 인성이 고운 처녀 선생이다. 그가 나를 소개할 때 "우리 학교에서 '만년 소녀'가 누구이겠습니까? 저는 그분의 마니또였습니다."라고 한 말이 아직도 들리는 것 같다. 내가 소녀여서 되겠는가마는. 그날 마니또로서 나를 염려하고 보호해 준 예쁜 강 선생이다. 지금은 결혼하여 아이 엄마가 되고 부부 교사로 잘살고 있다는 소식을 전해 들었다. 그런데 한편 나는 이 기사의 마니또로서 겨우 호두과자 한 봉지만 선물했을 뿐이니 '되로 주고 말로 받다.'는 격이었다.

그 후 몇 년이 지났다. 마니또 놀이를 했던 동료들은 먼저 혹은 뒤에 S초등학교를 떠났다. 나도 정년을 맞아 물러난 지 올해로 만 4년이 지나고 있다. 초등 교정에서 적지 않은 세월을 보내며 그간 수많은 동료들을 보내고 맞이했다. 근무지마다 동료들은 미운 사람보다 좋은 사람들이 더 많았다. 내가 학교생활을 잘 마치고 오늘이 있기까지에는 그들의 배려와 도움 그리고 보이지 않는 후원이 적지 않다. 그들 모두는 잊지 못할 내 마니또들이다.

그들과 이제 나는 다른 길을 가고 있다. 그러나 그 시절을 그리워하며 마니또 놀이를 재현하고 싶다는 생각을 한다. 어느 처지에서든 너와 내가 서로의 마니또로서 살아간다면 세상은 더 아름답고 넉넉하고 즐겁지 않겠는가. 그렇다면 우선 내가 먼저 누군가의 마니또가 되어야 하리라. 앞으로의 여생은 내 가까운 이들의 좀 더 좋은 친구가 되겠노라고 마음을 다져 본다.

(2010.)

투투 강사 일기

내게 새로운 호칭이 생겼다. '투투' 강사다. 우선 어감부터 마음에 드는 이 '투투'는 'too young to retire'의 약자로, 뜻은 '은퇴하기엔 아직 이른'이라고 한다. 대체 누구의 발상으로 이런 멋있는 호칭이 생겼는지 한바탕 박수갈채라도 보내고 싶다.

작년 3월부터 거주지인 서울 ○○구에서 실시하는 노인 일자리 사업에 계속하여 참여하고 있다. 여러 종류의 일자리 사업 중에 나는 교육형에 속한다. 1주일에 두세 번, 어린이집 한 곳과 어느 종교 단체가 운영하는 방과후 교실을 드나든다. 어린이집에서는 유아들에게 기초 주산 셈을 가르치고, 방과후 교실에서는 초등 1, 2학년 어린이들의 숙제와 일기 쓰기, 독후감을 살피며 문제집 풀이의 결과를 확인하여 복습을 시킨다.

초등 어린이들과 한참 다른, 유아들의 주산 셈 지도는 쉽지 않다. 수업 중간에 게임도 하고 동화구연도 하고 노래와 춤으로 흥미를 돋우어야 하는데 원래 그런 재주가 부족한 나로서는 무척 힘이 든다. 해서 구청에서 동화구연 연수를 받기도 하고 동요에 맞는 간단한 표현 동작도 배웠으나 아무래도 자연스럽게 되지 않는다. 그래도 수업을 받은 유아들은 몇 개월이 지나니, 5 이내의 수를 더하고 뺄 수 있으며 암산도 곧잘 한다. 앞으로 6과 9 이내의 수에서 더하고 뺄 수 있어야겠는데 잘 될지 염려스럽다. 알아듣기 어려우면 필경 싫증을 내고 딴전을 부릴 테니 어떤 방법을 써야 할까 묘안을 궁리 중이다.

금요일 오후 2시부터 시작하는 방과후 교실은 ○○지역 아동복지센터에 마련되어 있다. 방과후 교실의 선생님들과 아이들은 이곳 명칭을 줄여서 그냥 '센터'라고 부른다. 지도 프로그램은 놀이 시간, 학습 시간, 독서와 견학, 자유 시간 등 다양하고 소규모 학교와 비슷한 분위기다. 아이들은 1학년부터 6학년까지 섞여 있고 모두 인근에 소재한 초등학교에 다닌다.

할머니이지만, 아이들은 내 말을 잘 듣고 그날그날의 과제 해결을 열심히 한다. 문제집 풀이는 국어와 수학을 위주로 하는데, 답의 정오를 따질 때는 벌써 몇 년간 교과서를 멀리해서인지 정답지를 봐야 안심이 되는 형편이다. 과제를 마친 아이들은 독서를 하거나 앞마당에서 자유 놀이를 하는데, 가끔 나도 그 틈에 끼어 놀아 주거나 곁에서 구경하기도 한다. 제 버릇 남 못 준다는 말이 있듯이 새삼 센터에서 아이들과 어울리는 재미가 쏠쏠하다.

오늘은 센터의 전체 아이들이 가평으로 여름 캠프를 다녀와서 기행문 쓰기를 했다. 한 교실에 모여 앉히니 남녀 어린이가 합쳐 20여 명이나 되었다. 내가 책임진 1, 2학년들은 역시 맞춤법과 띄어쓰기가 서투르다. 우선 문장의 끝부분에 '습니다'와 '했다'로 섞어 쓴 것을 바르게 고치고, 느낌과 생각을 드러낸 곳을 찾아내 주다 보니, 그만 배당받은 두 시간을 넘기고 말았다. 할 수 없이 다음의 간식 시간을 위하여 못 살핀 몇 작품은 뒷날로 미루고 일어섰다.

혹시 간식 시간에 붙잡힐까 봐 서둘러 문 밖으로 나오는데 아니나 다를까 뒤에서 "선생님, 선생님." 하고 4학년 현이가 빵과 요구르트를 들고 달려오는 것이다. 고맙고, 오늘따라 할머니가 아닌 선생님이란 부름이 여간 반갑지 않다. "선생님, 간식 드시고 가세요오, 네에?" 예쁜 얼굴에 행동도 귀엽고 말씨에도 정이 담뿍 들어 있다. 얼핏 옛 내 반 아이들의 사랑스런 얼굴들이 눈앞을 스쳐 간다.

오후 4시쯤, 무슨 큰일을 끝내고 퇴근이라도 하는 듯이 센터의 정문을 나선다. 마음이 뿌듯하고 몸도 개운하여 발걸음이 가볍다. 언젠가 한 친구가 바쁘다고 엄살을 떠는 내게 "편히 쉬지 무슨 고생이냐?"고 염려하는 말을 해준 적이 있다. 하나, 속내를 모르고 한 말이다. 퇴임 후, 여행을 가기도 하고 매일 이런저런 일로 분주하다가도 이따금 기억 속에 초등의 교정(校庭)이 어른거린다. 지금도 교정은 멀리 두고 온, 돌아갈 수 없는 그리운 고향같이 느껴질 때가 많다. 유난스럽기도 한 이 향수에 대한 까닭을 누군가 나무라듯 묻는다면, 그곳은 꼭 동심뿐만이 아닌, 내 젊은 시절의 흔적이 켜켜이 쌓인 곳이기에 더 쉽게 떨치지 못하는 것이라고 대답하고 싶다. 그래도 이즈음, 투투 강사라는 호칭을 들으며 아이들을 살피는 일을 하노라니 그나마 적지 않은 위안이 느껴진다. '아직도 사회에서 나를 필요로 하는구나.' 싶어 다행스럽고, 다시 젊음의 행렬에 들어선 것 같아서 기운이 난다. 어쩌면 투투 강사 활동은 내 인생의 노을 진 들녘에서 젊음의 이삭을 줍는 마지막 일인지도 모른다.

며칠 전에 일간지에서 읽은, 어느 시인의 글 한 부분이 크게 와 닿는다.

젊다는 것에 대한 가치가 커진 세상이다. 나는 젊다. 수치(나이)가 아니라, 용기와 모험이 젊다는 것의 잣대라면 나는 여전히 젊다.
　　－ 물의 시인 ○○○

(2013.)

절두산 성지

절두산은 한강변에 있는 가톨릭 순교 사적지다. 원래 양화 나루터 옆에 있던 언덕인데 한강으로 돌출한 모양이 누에와 용의 머리와 같다고 하여 잠두봉(蠶頭峰), 용두봉(龍頭峰), 가을두(加乙頭)라고 불렸다.

이 잠두봉은 병인양요 때 흥선 대원군이 병인양요의 책임을 천주교인들에게 물어 수많은 천주교인들을 목을 잘라 처형한 곳이다. 그로 인해 잠두봉은 절두산이란 새로운 지명을 갖게 되었다.

그 참혹했던 순교를 기리는 이곳은 사시사철 순례자들이 끊일 새 없고 성모상 앞 촛불은 꺼지지 않는다. 나도 성지를 찾은 지 20여 년이 넘는다.

1.

새싹들 틈에 복수초, 할미꽃, 민들레가 방실거리면 성지 뜰은 봄

향기로 가득 찬다. 새롭게 움트는 봄은 창조의 신비인가. 홍매화, 명자꽃, 개나리, 진달래가 울긋불긋 판타지를 이루더니. 나비가 날고 이번엔 흰 꽃 세상이다. 봄비를 맞고 피어난 백목련, 이팝나무, 산딸기, 국수나무, 조팝나무의 하얀 꽃들로 눈이 부시다.

봄꽃을 안고 부활절이 다가온다. 인생은 유한의 삶이 아니라 부활을 향한 시작이란다. "부활을 믿습니까?" 사제가 물으면 "네, 믿습니다." 하고 힘차게 대답하리라. 강바람에 수백 개의 촛불이 부활절을 그리듯 아름답게 춤을 춘다.

"너희는 기뻐하며 구원의 샘에서 물을 기르리라." 하루하루 가까워지는 부활절, 강바람을 타고 천사의 노랫소리가 들려오는 것 같다.

2.

녹음이 구름처럼 덮여 있는 성지에 흰 구름이 내려다본다. 태양은 뜨겁지만 교육관 곁, 비술나무는 순례자들의 서늘한 일산(日傘)이다. 머리 위에서 매미들이 합창을 하고 새들도 노래를 부른다. 성모동굴 보리수나무 뒤로 피의 절벽이 바라보인다. 오늘은 절벽 밑까지 돌아보기로 한다. 팔마를 든 예수님 상(순교자들이 하느님 나라에 들어갔음을 상징)을 지나 강가로 나섰더니 절벽이 온통 꽃밭이다. 여름 꽃 주황색 능소화가 절벽을 가득히 덮고 있다. 150년 전, 절벽을 얼룩지게 한 핏물을 대신하여 능소화가 등불같이 피어나 찬란하다. 마치 순교자님들의 신심이 보이는 것 같다. 배교한다는 한 마디면 목숨을 구할 것을, 한사코 죽음을 택한 거룩하신 순교자님들! 그분들은 오히려 순교를 자랑스럽게 여겼다 하니 어찌 그럴 수 있었을까. 보잘것없는 내 믿음이 부끄럽다. 이 복되고 평화로운 날들은 그분들의 순교 때문이리라.

3.

순교 성월과 위령 성월이 들어 있는 가을이다. 한 해 우리의 신앙도 돌아봐야 할 때다. 그래서인 듯 성모님 동굴 앞에는 수많은 촛불이 타오르고 있다. 그 틈에 내 촛불도 눈부신 불꽃이다.

"은총이 가득하신 마리아님….."

묵주를 돌리며 올려다본 하늘은 시리도록 푸른데 "삐이잇" 노래하며 직박구리 한 마리가 머리 위를 스친다.

단풍 진 '십자가의 길'을 걷노라면 발 앞에 낙엽들이 잔바람을 타고 또르르 구른다. 저마다 모체에 새 눈을 남기고서. 계절은 영원히 가는 것이 아니라 순환하는 것, 내년 봄은 조금 멀 뿐이다.

대림시기(그리스도의 탄생을 기다리며 준비하는, 성탄 대축일 전 4주간)가 가까워진 거룩한 성지다. 감사와 정성, 희망 속에 오늘도 하루해가 짧다.

4.

겨울은 성탄절이 있어서 축복의 계절이다. 구세주가 우리네 시름을 달래 주려 재림하신다. 아기 예수님 앞에 엎드려 경배하고 찬미하는 노래 드높다. 무겁던 가슴속에 희망의 불꽃이 타오르고 기쁨이 솟는다. 성모상 앞에 엎드려 묵주기도를 바친다. "내 영혼이 주님을 찬송하며 내 마음이 하느님 안에서 기뻐 뛰노나니 당신 종의 비천함을 굽어 보셨음이라. 이제로부터 모든 이가 나를 복되다 일컬으리니 전능하신 분께서 내게 큰일을 하셨음이라.(루가복음 1장 46-49절)" 〈성모의 노래(마니피캇)〉를 부르는 내 목소리가 떨린다. 언젠가 〈마니피캇〉을 외우며 퇴근하던 날, 그날 밤의 꿈속이 생생하게 떠오른다. 남편과 큰 물고기를 타고 물속을 헤엄치며 물구멍 속으로 아름다운 용궁을 들여다보던 꿈이다. 용궁은 내 기도에 대한 하느님의 응답이었으리라.

성탄 미사! 예수님의 탄생을 기뻐하는 아름다운 성가가 성전 가득히 퍼져 돈다. "이사야 말씀하신 그 나무 등걸에 새 가지 돋아났네. 이새의 지파에 꽃송이 피었네. 엄동의 한밤중에 눈 속에 피었네." 성스러운 밤, 찬미 노랫소리 드높고 누리는 새로운 빛으로 찬란하다.

봄, 여름, 가을, 겨울. 구원의 샘물로 목을 축이며 절두산 성지에서 내 노년이 흐르고 있다.

(2017.)

지기지우(知己之友)

장이가 택배로 자그만 상자 하나를 또 보내 왔다. 상자 안에는 수선화가 담긴 페트병 하나와 취나물이 가득 들어 있다. 취나물은 양푼에 담고 페트병 속에서 꽃을 꺼내 화병에 꽂으니 금방 시야가 환해진다. 송이가 큰 흰 수선이 다섯, 작은 노랑 수선이 일곱이다. 좁은 병속에 담겨 왔지만 예쁜 모습 그대로다.

이른 봄이면 장이네 집 뜰에 수선화가 만발한다. 저수지를 끼고있는 뜰이기에 수선에게는 더할 수 없는 좋은 입지일 것이다. 여신의저주를 받은 미소년이 물속 자기 그림자에 반해 물속에 빠져 죽고말았다는 전설이 전해 오듯이 수선은 호젓한 아름다움을 지니고 있다. 나는 물가에 핀 그 고독이 서린 자태를 좋아한다.

언제 한 번 적기에 장의 집을 찾아 수선을 즐기려고 마음먹지만번번이 때를 놓치고 만다. 특히 올해는 건강이 좋지 않아 포기하고있는 참이다. 내 속을 환히 알고 있는 장이 이번에는 뜰에서 캔 취나물과 함께 수선까지 보내 온 것이다. 페트병을 구하고 그 속에 얼음을 깔고 물이 새지 않게 반죽 덩이로 막는 등 장이의 정성이 지극하다.

장의 선물은 이번뿐이 아니다. 약속이나 한 듯 봄에는 뜰에서 캔 취나물이나 꺾은 엄나무 새 잎을, 가을에는 대봉과 단감이 든 상자를 보내 준다. 파리에서 돌아와 고향에 자리를 잡고부터이니 햇수로 치면 십여 년간이다. 주변 사람들이 알고는 요새 그런 친구가 다 있느냐고 부러워들 한다. 가까운 동기간이 따로 없다.

장은 소녀 시절부터 함께한 정든 학우다. 중 3학년 때 한 반 친구로 우리 집이 장의 동네로 이사한 뒤부터 가까워지기 시작했다. 다음 해, 같이 사범학교로 진학을 했으니 하늘이 맺어 준 인연이랄까, 등하굣길은 물론 학교생활을 비롯해 교우끼리의 어울림도 우리는 혼자 나서지 않았다. 취미활동만은 달라 장은 미술반을 택했고 나는 문예반을 택했을 뿐이다.

꿈 많던 시절, 하굣길에 성당 언덕에 올라서면 눈앞의 해 비낀 유달산은 항상 정다웠고 그 봉우리에 떠돌던 노을 진 하늘은 아름다운 미지의 세계를 떠오르게 했다. 장의 장래 희망은 서양화가였고 나는 시인이었다. 같이 파리의 센 강가와 마로니에 길을 걷자고 약속도 했다.

토요일 하교 때면 부근에 있는 저수지 둑길을 지나 일제 때 일본인이 운영한 왕자제지공장이었다는 건물 근처에 자주 들렀다. 그곳은 바닷물이 철썩거렸고 도시의 외곽지대로 야생화가 피고 클로버가 지천을 이루는 넓은 초지였다. 공장 건물은 오래 방치되어 을씨년스러웠지만 벽돌로 된 열대여섯 개의 커다란 굴뚝들이 어찌 보면 고성(古城)의 성벽같이 느껴졌다. 우리는 그곳에서 동화책에서나 영화에서 본 이국의 성벽을 상상 속에 쌓아 올리며 즐거워했다. 특히 '왕자회사'라는 이름으로 불리었기에 장과 나는 앞으로 만날 멋진 서로의 왕자를 떠올리며 쉬지 않고 재잘거렸다. 그때 우리는 의견이 엇갈리면 입씨름을 하곤 했는데 장의 창의성과 상상력에 내가 먼저 슬그머니 꽁지를 내리곤 했다.

유달산의 생김새를 가지고 입씨름을 한 일이 기억에 생생하다. 유선각과 일등바위가 있는 쪽은 내가 차지하고, 장은 큼직한 바위들이 포개지듯 누워 있는 반대쪽을 차지했다. 하루는 서로가 택한 쪽을 이유를 들어가며 자랑했다. 나는 바위들이 미려하고 능선이 그림 같아서라고 하고, 장은 사람들의 발길이 닿지 않아 자연 그대로를 지키고 있고 고성을 닮아서라고 말했다. 나는 그때 내 평범한 안목과 달리 장의 사물을 보는 눈이 예사롭지 않다는 것을 새삼 느꼈다.

졸업 후 우리는 서로 다른 임지로 발령을 받아 근무하며 한동안 소원하게 지냈다. 그동안 나는 결혼을 했고 장은 직장을 그만두고 H대 서양화과에 진학했다. 그리고 대학 졸업 후 중학교 미술 교사로 재직하다가 뒤늦게 도불하여, 파리 아카데미 등에서 수학하고 각종 전시회에 출품하는 등 육 년여 체류하다가 지금은 귀국하여 고향에 아틀리에를 겸한 새 집을 짓고 어머니와 동생들과 조용히 살고 있다.

한 길만을 지키며 살아온 친구다. 그런데 이즘은 붓대를 놓고 뜰을 돌보며 어머니의 병간호에 여념이 없다. 장녀로서 동생들에게 짐 지우지 않고 어머니를 모시며 자연과 함께 사는 장이의 소박한 인간미에 감복하면서도 한편 그림그리기를 중단할까 봐 걱정이다. 재능이 너무 아까운 것이다. 하여 나는 다시 장이가 이젤을 세우고 붓대를 들어 주기를 은근히 기다리고 있다. 그의 이층 화실이 물감 냄새로 가득 피어나기를 간절히 고대한다. 언젠가는 고아한 영혼이 스민 역작 한두 폭쯤 완성되리라고 믿으며.

수선화 꽃병을 거실의 탁자 위에 올리고 폰의 카메라를 누른다. 흰 수선을 가운데 놓았다가 노란 수선으로 바꾸고 꽃병의 위치를 달리해 본다. 은은한 향기가 온 집 안에 흐른다. 장이의 우정이 흐른다.

(2018.)

보내고 남은 마음

　　K초등학교 교감선생님으로부터 전화 연락이 왔다. 학교지킴이를 현재 근무 중인 한 사람만 두게 되어서 나를 채용할 수 없다는 것이다. 그 말에 명랑하게 괜찮다고 대답했지만 속마음은 무겁다.

　　8월의 마지막 토요일인 어제, 갑자기 K초등학교 교장선생님 전화를 받았다. 9월부터 학교지킴이를 두 사람을 두기도 했으니 해 보지 않겠느냐고 물어 왔다. K초등학교는 집과 가까운 거리에 있으므로 근무하기가 수월하겠기에 쾌히 승낙하고 월요일부터 등교하기로 결정했다. 그런데 몇 시간 후, 안 되겠다는 교감선생님의 전화였다. 벌써 직원들에게 첫인사는 어떻게 할까, 옷은 뭘 입을까 하며 궁리 중이었는데 필요 없게 되었다. 제일 서운한 마음이 드는 것은 어린이들과의 재회가 틀려 버린 일이다.

　　나이 들면 추억 속에 산다더니 올해는 유난히 지난일이 떠오르고,

재직할 때 아이들의 귀여운 모습이 생각난다. 이따금 꿈도 꾼다. 퇴임하고 나서 몇 년이 되었건만 길을 가다 초등학교가 보이면 남몰래 한 번 더 돌아보곤 한다. 특히 퇴임하기 마지막 무렵인 두 학교의 어린이들은 더 잊히지 않는다.

어느 해 M학교에서 1학년인 반 아이들과 꽃밭을 돌아보며 우연히 네잎클로버를 찾았다. 그 네잎클로버를 발견한 순간, 곁에 졸졸 따라다니던 영석이의 눈과 딱 마주쳤다. 벙긋 웃던 영석이. 물론 그 네잎클로버는 영석이의 것이 되었다. 그 후 임기를 마치고 M학교를 떠나려던 날이다. 하교한 줄 알았던 영석이가 되돌아와서 짐정리를 시작하는 내게 "조금만 기다리세요, 네? 선생님께 드리려고 선물을 사 놓았는데 깜박 잊었거든요. 집이 바로 요 앞이에요." 하더니 뛰어나갔다. 얼마 되지 않아 아이는 박카스 한 상자를 들고 와서 씩 웃으며 내미는 것이었다. 많이 급했던지 무거운 책가방을 멘 채로 신발주머니까지 들고서. 잘 웃고 따르며 이목구비가 반듯하게 잘생긴 아이다. 하마 대학생이 되었을 영석이에게 항상 네잎클로버의 행운이 따르기를 빈다.

S학교에서의 2학년 2반은 서른아홉 번째로 맡았던 마지막 반 아이들이다. 자기 집 욕실 청소를 하여 모은 돈으로 크리스마스를 앞두고 장미색 머플러를 선물한 수민이. 독창 대회에서 입상을 못 하자 교실로 돌아와 "감기가 웬수에요!" 하며 눈물을 훔치던 지원이. 반 축구를 할 때 골키퍼를 맡아 상대편의 공이 날아오면 두 팔을 멀리 뻗치고

일부러 넘어지며 월드컵 때의 이윤재를 흉내 내던 석우. 옆 반 친구가 나를 할머니 선생이라고 놀렸다고 훌쩍이며 달려와 품에 안기던 금희. 한번은 교실에서 아이들이 너무 시끄럽게 굴기에 무슨 일을 하다 말고 "조용히들 못 하겠니?" 하고 나도 모르게 버럭 소리를 치자, 맨 앞에 앉아 있던 꼬마 지선이 "아유 깜짝이야!" 하며 얼굴을 찌푸리고 나를 향해 눈을 흘겼다. 지선이에게 지금도 미안한 마음이다. 내가 그날 크게 잘못했다.

교직 생활이 마냥 즐거운 것은 아니었지만 그때가 내 인생의 절정을 이룬 시기였다. 그 일을 안 했다면 무엇을 했겠는가. 나는 잘하는 일이 별로 없다. 가끔 울타리 안에 갇혀 있는 답답함도 있었지만 천진난만한 동심들과 어울린 세월에 감사할 따름이다. 그 아이들은 내 청춘의 흔적이요, 다음 세대를 이끌 소중한 자산이다. 하지만 모든 아이들에게 다 좋은 선생만은 아니었을 게다. 그 아이들에게 이제라도 용서를 빈다.

마음을 달랠 겸 고궁을 향해 나섰다. 1호선 시청 앞 엘리베이터 벽면에 비친 내 모습을 보았다. 쓸쓸한 어느 노인의 얼굴이다. 낯선 사람을 보고 있는 것 같다. 더구나 입가에 그어진 잔주름은 흉해 보이기까지 한다. 아, 오늘 일은 차라리 잘된 일이다. 이 모습으로 아이들과 어울리려고 했다니. 동심과의 생활을 재현하려고 한 것은 나만의 꿈이요, 욕심이었다. 나 아니고도 아이들을 사랑하고 젊고 예쁜 선생들이 얼마나 많은가. 학교에서의 선생은 첫째가는 아이들의 환경물이나 다름없는 것을. 가야 할 때가 언젠가를 알고 가는 이의 뒷모습은 아름답다고 했다. 설령 다시 이후에 다른 학교에서 청한다고 해도 응하지 않으리라.

천천히 고궁 뜰을 걷다가 돌담 곁에 있는 연못 앞에 앉았다. 연못에 수련은 이미 지고 작은 잎들만 동동 떠 있다.

낮에 놀다 두고 온 나뭇잎 배는
엄마 곁에 누워도 생각이 나요.
푸른 달과 흰 구름 둥실 떠가는
연못에서 사알살 떠다니겠지.

아이들과 부르던 〈나뭇잎 배〉 노래다. 수련 잎에 이런저런 추억이 흐른다.

(2015.)

동인지 《해솔》

선릉 근처 찻집에서 영이와 함께 J 교장님을 만났다. 20여 년 만이다. 같은 서울에 살면서도 무심하게 지내 오다가 작년 여름, 목포대학에서 발간한 졸업생 명부에서 전화번호를 알게 되었다. 얼마 후 J 교장과 전화 연락이 되어 영과 셋이서 자리를 같이했다.

그동안 살아온 얘기와 추억담을 나누고 난 뒤 J 교장이 가지고 온 보자기를 차탁에 놓고 펼쳤다. 아! 뜻밖에 동인지 《해솔》 묶음이었다. 종이는 누렇게 변색되고 떨어지는 낱장을 가는 철사로 엮은 학창 시절의 문예지다. 교지 《비녀산》을 포함해 모두 아홉 권이다. 50여 년 동안을 보관하고 있었다니…. 회장 노릇을 끝까지 해 낸 J 교장이 고맙고 그동안 무심했던 우리가 미안했다.

남녀 공학의 옛 사범학교는 특별한 부서, 무용부 수예부 축구부가 아닌 과외활동은 선후배와 남녀 구별 없이 함께 활동했다. 소위 연대 특별 활동이다. 해솔문예동인회도 한 학년에 서너 명씩 선배가 졸업

하면 또 후배가 그 자리를 이어 갔다. 나는 여중 때 문예반이었기에 자연스레 해솔에 입회하였다. 우리는 사범학교의 마지막 졸업생이라서 후배 양성은 흐지부지되고 말았다. 특히 목포사범은 학제의 변동에 따라 문을 닫은 후 세 번이나 다른 이름으로 바뀌었다. 종합고등학교, 2년제 교육대학, 현재는 목포대학이다.

영이와 나는 번갈아 가며 동인지를 살폈다. 글자가 흐릿하여 복사가 어려울 것 같고 종잇장에서는 먼지가 풀풀 났다. 곧 바스러질 것 같았다. 그도 그럴 것이 쇠판에 원지를 대고 철필로 글자를 쓴 후 등사 잉크를 롤러에 묻혀 한 장씩 밀어 낸 것이다. 그렇게 밀어 낸 후 낱낱이 풀을 칠한 뒤 한데 합쳐 구멍을 뚫고 실로 엮었다. 그 일은 남학생 쪽에서 맡아서 수고했다. 1년에 봄가을로 두 번 발행한 동인지는 해마다 1회 발행하는 교지에 못지않았다.

동인지 이름 ≪해솔≫은 우리말로 '해'와 '솔'이다. '해가 걸린 소나무'란 뜻을 지닌다. 영원히 푸르고 빛남을 염원하던 소년 소녀들의 드높은 이상을 대변해 주고 있다. 감탄이 나올 정도로 지혜롭고 멋진 동인지 이름이다.

J 교장과 영이는 시를 쓰고 나는 산문을 썼다. 서툰 수필 쓰기에 자신을 잃은 나는 어느 날 모임을 마치고 H선배와 교실 뒷정리를 했다. 그때 선배에게 수필을 그만 쓰고 나도 시로 바꾸면 어쩌겠느냐고 의논 말씀을 드렸다. 그랬더니 "왜? 수필가 박○○. 얘, 근사하다야. 수필도 좋아. 계속 수필을 써라."며 계속하기를 권했다. 그 후

1학년 1학기 성적표를 받아 보니 걱정한 대로 엉망진창이었다. 화학 원소 기호도 완전 외우지 않았으니 그럴 수밖에. 동인 활동 때문이라고 여기고 회장이던 O 선배에게 탈회하겠다고 결연하게 말했다. "그렇지만…. 넌 글을 써야 한다."면서 간절하게 만류해준 기억이 난다.

내 성깔에 선배들이 만류해도 싫으면 그만두었을 것이다. 하지만 글에 대한 야릇한 매력은 어른이 되어서도 버려지지 않았다. 그 동인회 활동이 내 생에 적잖은 영향을 준 것 같다. 그저 그러한, 일기 같은 글이라도 한 편씩 쓰고 나면 성취감이 생겨났고 재직 때는 아이들 글짓기 지도로 특기 교사로서의 자존심을 세웠다고 할까. 그러나 직장을 가졌을 땐 엄두도 못 낸 내 글쓰기다. 퇴임하고야 비로소 시작하여 어설프지만 여생의 목표가 되었다. 이즈음 내가 수필가의 흉내를 낼 수 있는 것은, 수필가가 되려던 H 선배와 한사코 글쓰기를 권유하던 O 선배의 덕분이 아닐 수 없다.

동인지에서 내 글을 찾아 읽어 본다. 그때로서는 제법 진지했겠지만 풋과일 냄새가 난다. 이걸 작품이라고 두어 달 고뇌하며 퇴고했던가. 웃음이 나온다. 내 글은 모두 산문이라 원지 긁은 선배와 동창들을 유난히 힘들게 한 것 같다. 선배들이 졸업한 후로는 J 교장이 맡다시피 했으니 그가 더욱 애착을 가질 만하다. 우리 다음에는 서울에 거주하고 있는 다른 동인들에게 보이고 목포대학 박물관에 보관해야겠다고 한다. 좋은 생각이다. 이제 우리는 가지고 있는 것을 정리해야 할 나이가 아닌가.

조심스럽게 다시 동인지 꾸러미를 보자기에 싼다. 끝까지 수고를 아끼지 않는 J 교장이 고맙고 듬직하다.

아무래도 그냥 보내기 아쉬워 영이와 나는 자신의 작품 한 편씩을 베꼈는데 다음은 내 졸작 한 편이다.

억측

연동길은 일명 팥죽길이라 한다. 비가 오고 난 뒤나 눈이 녹으면 진흙길이 몹시 질척거려 팥죽길이 돼 버린다. 숙제인 수학 문제 한 가지가 풀리지 않아 숙의 집에 가는 길이다. 숙이는 수학을 잘한다. 숙의 집은 옛 진섬에 자리한 아담한 양옥이다. 대성동 우리 집에서는 꽤 멀다. 다시 집에 오려면 세 시간은 걸려야 할 것 같다.

비가 온 뒤라서 눈길을 땅에 두고 걸어야만 바지에 흙물이 튀기지 않는다. 갈지 자 걸음으로 굳은 곳을 골라 이리저리 왔다 갔다 한다. 산정국민학교 앞을 지났을 때다. 뒤에서 둔탁한 남자의 발자국 소리가 들린다. 처음에는 대수롭지 않게 생각했는데 계속 들려오니 신경이 쓰인다. 꼭 내가 발을 딛는 곳을 그도 딛는 모양이다. 바짝 의심이 간다. 빨리 발자국을 떼면 그도 빨리 뒤를 따른다.

학생상회 문구점 앞이다. 어떤 아주머니가 흘낏 쳐다보며 지나간다. 그 표정이 예사롭지 않다. 분명히 S고생이나 M고생일 것 같다. 지난번에 우리 동네 골목길을 들어서는데 근처의 K고생이 막아서서 애를 태운 적이 있어서다. 그는 여전히 내 걸음에 맞추다시피 하며 계속해서 따라오고 있으니 곧 말을 걸어올 것이다.

'어쩌나. 뭐라고 할까? 단박에 무안을 주어 못 따라오게 해야 하는데…. 그렇게 내가 만만하게 보이느냐?'고 쏘아 줄까. "걸음을 걸을 때 얌전하게 걸어야 한다. 까불듯이 걸으면 남학생에게 만만하게 보여 수작을 걸어온다."고 엄마가 한 말이 생각난다. 잔뜩 불안해진 나를 계속 발자국은 뒤따른다. 숙의 집까지 따라오면 어쩔까. 숙이 할머니가 어떻게 생각하실까.

S고 정문, 갈림길에 이르렀을 때 용기가 났다. 왜 따라오느냐고 사납게 대들기 위해 휙 돌아섰다. 아, 그런데 따라온 사람은 험수룩한 작업복 차림의 아저씨였다. 어쩌다 가는 방향이 같고 길의 좋은 곳만을 찾아 딛다 보니 내 발자국을 따라온 것을. 그는 갑자기 돌아서는 내겐 관심이 없다는 듯 여전히 길을 들여다보며 앞서서 걸어간다.

S고 교문 앞이다. 그를 보내고 나는 방향을 바꿔 저수지 둑길로 들어섰다. 둑길은 자갈흙이 많아서 벌써 물기가 마르고 띄엄띄엄 풀도 돋아나 걷기에 편하다. 오랜만에 머리를 들어 하늘을 바라본다. 비 갠 하늘 아래로 숙의 집이 보인다.

쓸데없이 지레짐작으로 마음을 졸인 일이 우습다. 숙이에게 이 말을 하면 빙그레 웃겠지.

(2017.)

세월

오늘 만찬에 '일칠회'가 우리를 초대했다. 일칠회는 남자 동창들의 모임이요, 우리 여자 동창들의 모임은 '목향회'다. '목향'은 고향인 목포의 향기라는 뜻이고 '일칠'은 우리가 졸업한 사범 마지막 회인 17회를 말한다.

졸업 후 남녀 동창이 같이 모인 것은 몇 번뿐이다. 첫 만남은 서울 교육회관에서 가졌고 다음은 고향 모교에서 선배들과 대대적으로 총동창회가 열렸을 때였다. 이번 모임은 그로부터 20여 년이 지난, 졸업 연도(1963년 2월)로 치면 55년 만이다.

일칠회는 1년에 한 번씩 해마다 장소를 바꾸어 개최한다. 굳이 고향이 아니라도 친구들이 터를 잡고 사는 곳이면 그곳에서 행사를 치르는 모양이다. 이번에는 서울에서 모이게 되어, 서울에 사는 우리를 초대한 것이다.

아담한 식당에 네 개의 긴 식탁을 준비하고 서로 마주 보게 자리를 만들었다. 22명의 노신사들이 미리 와 있다가 10명의 여자 동창들을 반갑게 맞아주었다. 우리는 들어서는 순서대로 남자 동창들의 앞자리에 앉았다. 하나같이 낯설고 어색하다. 밖에서 만나면 정말 못 알아보겠다. 혹시 싸운들 알겠는가. 17, 18, 19세 때 제복에 사(師)가 달린 학생모를 쓰고, 단발머리에 흰 칼라를 둘렀던 소년 소녀들이 반백이 훨씬 넘어 마주 앉으니 감회가 새롭다.

졸업 앨범이 돌아가는 가운데 한 사람씩 일어나서 간단히 자기소개를 했다. 듣고 나서 곧 잊어버리는 기억력이라서 몇 분의 이름만 알았을 뿐 여전히 누가 누구인지 모르겠다. 재직 시절에는 60여 명의 반 아이들 이름을 약 3일이면 다 외었는데 이젠 거짓말 같다. 소개를 받고 보니 일칠회는 거의 교장으로 퇴직하여 한 시대의 교육을 이끈 역시 잘난 남 동창들이다. 식사를 하고 술 한 잔씩이 돌자 비로소 분위기가 부드러워졌다. 앞 사람과 웃으며 말을 건네고 자리를 바꿔 앉기도 하며 얼굴에 웃음꽃을 활짝 피운 모습들이 모두 소년 소녀다.

내 앞에 앉은 B 교장님은 식사하기 전에 성호를 긋는 것으로 보아 가톨릭 신자다. 곁의 숙이와 B 교장, 나는 금방 친밀감이 생겨 얼굴을 가까이하고 서로의 세례명을 말했다. 그는 예수님의 열두 제자 중에서 마태오라고 한다. 그분의 실명(實名)이 특이한 편이라서 소년 때가 생각난다. 동안(童顔)이었는데 어느덧 그도 세월을 타고 얼굴에 잔주름이 생겼다. 지금은 색소폰을 불며 연주회도 가끔 나간다고 회장을 맡고 있는 S 교장님이 자랑삼아 알렸다. 그래서인지 아직도 눈빛이 맑다.

조금 있으려니 어느 분이 스마트 폰으로 동영상을 찍었다. 내 유난한 주름살이 걱정되는데 그가 나를 모르겠느냐고 하며 가까이 멈춰섰다. 아, D초등학교에서 교생 실습을 같이 한 바로 C 교장님이다. 1년여 초임지에서 함께 근무한 적도 있어서 반갑기 그지없다. "어디 얼굴 좀 봐요." 하고 나는 그의 옛 모습을 찾기 위해 이모저모를 살폈다. 그랬다. 곱상한 입매가 아직 남아 있는 할아버지는 젊은 시절의 C 선생이었다.

C 교장님은 자리를 옮기고, 나도 J 교장님과 M 교장님을 찾아가 오랜만에 마주 앉았다. 3년을 같이 문예 동인으로 활동하여 정이 든 분들이다. 방학 때와 교생 실습만 빼고는 매주 목요일이면 한 교실에 모여 써 온 글을 발표하고 평을 주고받았다. 딴에는 제법 진지했으니 소중한 추억이다.

또 동인이었던 K 교장님은 누군지 몰라 인사를 포기하고 자리로 돌아왔다. 그때 영이가 저기 있는 분인 것 같다고 반대편 좌석을 가리켰다. 해서 선걸음으로 가서 인사를 나누고 돌아왔을 때다. 경이가 기어이 웃음을 터뜨리며 "애, 그분이 아니야!" 하질 않는가. 에구머니, 그만 영이의 손가락 방향을 잘못 짚었던 것이다. 그래도 엉뚱한 수다를 자연스럽게 받아 준 그분의 배려가 여간 고맙지 않다.

4월의 밤은 달리듯 빨리 깊어 갔다. 돌아갈 때가 되자 우리가 먼저 자리에서 일어나 차례차례 밖으로 나왔다. "잘 가세요. 마리안나 씨!" 문 입구에 서서 마태오 씨가 처음이자 마지막으로 내 세례명을 부르며 작별인사를 하니 갑자기 가슴이 먹먹해 왔다.

교외에 위치한 모교는 배움과 꿈의 전당이었다. 비녀산의 솔바람은 사철 불어오고, 여정(旅情)을 일으키며 운동장 앞을 지나던 호남선 열차 그리고 수련꽃 핀 연못을 맴돌던 아리아 풍금 소리…. 이제 우리는 서로를 몰라볼 정도로 변했고 나이가 들 만큼 들었기에 앞으로 다시 만날 날은 쉽지 않으리라. 순수하고 풋풋했던 시절이 세월의 벽 너머로 아득히 멀기만 하다.

혹자는 해 질 녘의 노을을 입을 모아 찬미한다. 하지만 나는 아니다. 오늘밤은 쉽게 잠이 들 것 같지 않다. 다시 돌아갈 수 없는 고향 같은, 푸르렀던 학창 시절이 그리워 밤새도록 앓아야 할까 보다.

"잘 가세요…." 마태오 씨의 짧은 인사말이 귓가를 맴돈다. 생각해 보면 나만이 아니라 헤어지는 여 동창 모두에게 보낸 석별의 정이었으리라. 그분들과 우리의 행복한 여생을 위하여 기도한다.

(2018.)

우리 동네 골목길

우리 다세대 주택은 곁에 골목길을 끼고 있다. 청파동을 1동과 2동으로 가르는 제법 넓은 골목길이다. 퇴임한 후로는 한낮에도 은행, 병원, 세탁소, 미장원 등을 오가기 위해 이 골목길을 드나든다. 그렇게 자주 다니다 보니 새삼 정이 간다.

큰길에서 골목길에 들어서면 우선 조용해서 좋다. 오토바이의 굉음도 자동차의 소음도 멀어지고 마치 다른 세상에라도 들어선 느낌이다. 저만치 우리 집이 보인다 싶으면 '똘이식당' 앞이다. 똘이네가 마당 겸 뜰로 이용하는 길 한쪽은 해마다 여러 가지 꽃들이 예쁘게 피어나서 걸음을 멈추게 한다. 낡은 옹기그릇이며 헌 스티로폼 상자, 찌그러진 양동이에 심어진 봉숭아꽃, 나팔꽃, 분꽃들이 작은 꽃밭을 이루고 있다. 올해는 고추와 토마토 모까지 심고, 담 밑 빈 땅에 해바라기 몇 포기도 모종해 놓았으니 더욱 볼 만하리라.

효창공원이 가까워서일까, 골목이 조용하면 참새와 까치가 땅으로 내려오고 이른 아침이면 비둘기가 우짖는다. 또 "삐이잇 삐이잇" 하며 나뭇가지나 전신줄에 앉아 있는 직박구리들도 빼놓을 수 없다. 여름이 오면 매미들도 신나게 거들 것이다.

올해는 두어 달 전부터 맹꽁이 소리도 들린다. 얼마 전에 102호 아주머니가 집 앞 넝쿨장미 틈에서 손가락 마디만 한 맹꽁이 두 마리를 발견했다고 한다. 나는 그 맹꽁이들이 여간 궁금한 게 아니다. 꼭 한 번 보고 싶다. 하지만 알은체하면 달아날까 봐 꾹 참고 그네들의 생김새를 상상하기만 한다. 저녁이 되면 "꽥꽥꽥꽥" 녀석들은 장단을 맞춰 노래 같지도 않은 노래를 부른다. 비라도 올 듯 날씨가 흐려지면 꽤 야단스러울 지경이다. 효창공원의 연못에서 폴짝폴짝 뛰어왔는지 누가 시골에서 데려다 놓았는지 여간 신통한 일이 아닐 수 없다.

우리 가족이 30여 년을 걸어 다닌 골목길이다. 고향을 떠나와 아직까지 살고 있으니 그동안 우리 발자국들이 얼마나 많겠는가. 입대하기 전날 까까머리를 하고 골목길을 들어오던 큰아이, 그 후 면회는 두어 번 갔었던가. 그리고 집 앞 돌층계에 하릴없이 앉아 있던 가엾은 둘째아이. 저물도록 엄마를 기다리며 동네 아이들을 붙들고 가로등 밑에서 지치도록 놀고 있던 막내. 직장을 핑계대고 아이들에게 소홀했던 지난날이 아린 기억으로 남아 있다.

골목길에 한겨울이 아니면 거의 매일 작은 용달차가 온다. 생선, 과일, 야채를 싣고 오는 차들이다. 시장이 먼 우리네는 이 차들의 내왕을 은근히 기다리기도 한다. 오전 9시경에는 생선을 실은 차가 골목에 멈춘다. "갈치 동태 생태요. 싱싱한 오징어 고등어 꽁치 왔습니다." 언제나 똑같은 녹음테이프가 돌아가며 내는 소리지만 싫지 않다. 점심때는 야채를 실은 차가 멈추고 오후 서너 시쯤에는 과일차가 멈춰 선다. 그때마다 골목 이웃들이 나와서 살거리를 고르며 서로 대면도 하고 인사를 나누기도 한다.

고향 목포의 옛 골목길이 떠오른다. 그 골목길은 우리들의 놀이터이기도 했고 거의 날마다 행상인들이 지나다녔다. 양푼, 빨래판, 머리빗 등을 실은 수레가 쉬어 가고, 봄철 아침녘이면 "딸기 삿시오!" 하고 외치며 아주머니가 머리 위에 커다란 양푼을 얹고 대문간을 기웃거렸다. 또 사철 가리지 않던 엿장수의 구성진 가위 소리며, 가을이면 가마니 장수 아저씨가 "가마니 사려!" 하고 외치고, 이따금 젓갈 장수 아줌마의 신세타령 같은 외침도 들려왔다. 쥐가 많았던 그 시절, 쥐약 장수 아저씨는 서울까지 알려져 어느 영화에도 나왔다는 소문도 돌았었다. 헙수룩한 차림에 바랑을 메고 지팡이를 끌며 마치 사설을 하듯 느릿느릿 길게 중얼거렸다. "쥐약 삿시오. 쥐약이요. 하룻저녁에 맷 백(몇 백) 마리가 팩팩 꼬꾸라집니다. 안 잡고는 못 전들(견딜) 것이요." 하다가 아무도 사려는 사람이 없으면 조금 노여운 투로 "살라믄(사려면) 사고 말라믄(말려면) 마씨요. 누가 아순가(답답한가) 봅씨다!" 하며 한 소절을 끝냈다. 그러다 사람들과 눈이 마주치면 씩 웃고 나서 다시 외치며 천천히 골목길을 나가곤 했다. 재미있는 아저씨였다.

얼마 전 TV에서 골목길 사진을 모아 방영해 주었다. 5, 60년대의 서울 근교에 있던 어떤 골목길 흑백사진이었다. 보자기로 어깨를 가리고 골목길 나무 걸상에 앉아 이발을 하고 있는 아저씨, 할머니와 문 앞에 앉아 있는 어린아이, 아기를 업고 다정하게 얘기를 나누고 있는 아낙들, 겨울에 귀마개를 하고 골목길에서 팽이를 치는 사내아이들의 모습 등이다. 그러니 골목길은 길뿐만 아니라 동네의 마당이요, 놀이터였으며, 물건을 팔고 사는 노점 역할도 한 셈이다. 또 좁은 길을 사이에 두고 집과 집이 지척이었기에 자연스럽게 기쁨과 아픔도 나누었을 터, 이웃 간에 정을 잇는 고리 같은 역할도 했던 것이다.

이젠 그런 골목길의 모습을 찾기 어렵다. 특히 대도시는 많은 사람들의 주택난을 해결하기 위해 아파트를 위주로 재개발이나 신도시를 건설하기 때문이다.

우리 동네의 골목길도 언제 없어질지 모른다. 시대에 따라 생활 방식과 주거 형태도 변하는 게 당연하지만 나는 마천루 같은 아파트 단지가 아직도 낯설기만 하다.

어느덧 제2의 고향이 되어 버린 청파동이요, 정든 골목길이다. 후에 이곳이 변한다고 해도, 혹여 떠난다 해도 가족들의 추억과 동네 사람들, 그리고 시골티가 나는 여러 가지 풍경은 잊히지 않을 것이다. 목포의 옛 골목길과 함께.

(2014.)

장미색 머플러

　겨울옷이 든 장롱 서랍에서 머플러 하나가 눈에 띈다. 진홍빛 바탕에 흰 줄무늬가 있는 장미색 순모 머플러다. ○민으로부터 받은 선물로 새것 그대로 보관된 지 벌써 여러 해째다.

　현직에 있을 때였다. 방학식을 마치고 아이들을 보낸 뒤 교실에 들르니, 내 책상 위에 웬 종이 가방이 놓여 있었다. 그 속에는 머플러 한 장과 짧은글이 적힌 카드가 들어 있었다.

　선생님께
　선생님, 머플러는 제가 욕실 청소를 해서 엄마한테 받은 용돈을 모아서 산 거예요.
　선생님 마음에 들었으면 좋겠어요.
　그리고 1년 동안 많이 사랑해 주셔서 감사드립니다.
　선생님 크리스마스 즐겁게 보내세요.
　　　2005년 12월 22일 ○민 올림

2학년 아이가 어떻게 머플러 선물을 생각했을까. 크리스마스 때면 작은 선물이나 카드를 주고받기는 하지만, 욕실 청소를 해서 모은 돈으로 선생의 선물을 사다니! 부모님의 교육적 배려가 있었겠지만 어린 손이 여러 날 동안 욕실 청소를 했을 상상을 하니 머플러를 만지는 손이 나도 모르게 조금 떨렸다. 아이는 공부를 잘하고 독서를 좋아하며 침착하고 성격이 원만했다. 분에 넘치는 선물을 받은 나는 한참 궁리하다가 방학 때 읽으라고 동화책 ≪갈매기의 꿈≫과 ≪어린 왕자≫를 집으로 보내 주었다. 부족한 답례였지만.

이듬해 3월에 ㅇ민은 3학년이 되고 나는 다시 새 2학년 아이들을 맡게 되었다. 학년 초가 되면 아이들은 새 선생님과 정이 붙지 않아 곧잘 옛 담임선생님을 찾아온다. 그럴 때 옛 선생은 일부러 냉정하게 대한다. 새 선생님을 따르게 하기 위해서. 그러다가 차츰 새 선생님과 가까워지고 새 학년에 적응이 되면 찾아오는 횟수가 줄어든다. ㅇ민이도 그랬다.

그해 8월 31일은 내가 퇴임하는 날이었다. 방송으로 전교생에게 떠나는 인사말을 하고 반 아이들과도 헤어진 뒤, 혼자 교실에 남게 되었다. 동학년 선생님들도 옆 반 선생님도 퇴임식 준비 차 강당에 모였는지 주위는 적막하리만치 조용했다. 조금 후 강당에서 동료들과 퇴임 인사를 나누고 나면 내 교직 생활의 무대는 막을 내리는 것이다. 뭘 그리 잘해 보겠다고 동분서주했던가. 만감이 교차하여 교실 안을 서성이는데 뜻밖에 ㅇ민이가 헐레벌떡 달려왔다. 얼굴은 상기

되고 등에 땀이 흘러 윗옷이 젖은 채로. 무더운 날씨에 황급히 뛰어온 것이다.

아이는 꾸벅 절을 한 후, 책을 못 사 와 죄송하다고 하면서 들고 있던 상품권을 내밀었다. 하교 후 도서 상품권을 사러 급히 마켓이 있는 큰길까지 다녀온 것이리라. 내가 학교를 떠나기 전 도착하려고. 곧 아이는 책상 위에 상품권을 놓고 피하듯 밖으로 달려 나갔다. 아마도 눈물을 감추려는 것 같았다. 그 때 등 뒤에서라도 "ㅇ민아!" 하고 한 번 불러 줄 것을….

도서 상품권은 5,000원짜리였다. 아이에게는 큰 액수다. 선생이 아이에게 상품권을 받는 것은 안 되는 일이다. 그러나 그날 한사코 뛰어가 아이를 붙잡지 않은 것은 아이의 정성을 받아들이고 싶었다. 거절하여 마음에 상처를 주기 싫어서였다. 그 후 책을 사 보낼까 하다가 그만두었다. 아무런 도움이 되지 않을 옛 선생이 자꾸 어른대면 오히려 아이를 산만하게 하지 않을까 하는 생각이었다. 빨리 잊히기를 바랐던 마음이다.

꽤 긴 교직 기간에 많은 아이들을 만나고 헤어지곤 했다. 그중 용돈을 모아 선생님께 무언가 해 드려야겠다는 순수한 동심이 넘쳤던 아이, ㅇ민을 어찌 가볍게 기억하랴. 퇴임식 전에 찾아와 울적한 심사를 위로해 준 사랑스런 아이가 아닌가. 가끔 ㅇ민을 떠올리면 지난 교단생활이 한결 보람차게 느껴진다.

올봄에 새내기 대학생이 되었을 ○민이다. 큰 눈에 희고 둥근 얼굴은 여전한지. 청년기로 접어들어 턱에 수염도 거뭇거뭇 생겨났겠다. 앞으로 군복무며 취업 등 힘든 일이 많겠지만 우리 ○민이, 잘 해결할 테고 건강하고 복되게 살아갈 것이다.

머플러를 꺼내 목에 둘러본다. 몇 년이 지났으나 은은한 향은 아직 남아 있다. 감촉도 부드럽다. 아깝다고 해서 언제까지나 장롱 안에 넣어 둘 일이 아닌 것 같다. 오는 겨울에는 따스한 ○민이의 장미색 머플러로 거뜬히 추위를 이겨내리라.

(2015.)

백두산 무지개

놀라운 것은 맑은 강물 안에 붉은 해가 들어가 있는 광경이다.
명경 같은 강물에 둥근 아침 해가 신비스럽게 비쳐 든 것이다.
정월에 보는 물속의 아침 해!
올해, 우리에게 좋은 일만 생기려나 보다.
- 본문 〈여강길 따라〉 중에서

검룡소

입구에 세워진 표지석이 반갑다. 이번 민속박물관에서 주최하는 답사 일정에서 가장 기대되는 곳 '검룡소'다. 목적지까지는 편한 숲길이고 1시간 30분 정도 걸린다고 한다. 20여 명의 회원들이 한 줄을 이루며 오름길을 걷는다.

숲은 태백산 줄기에 속한 금대봉(강원도 태백시 정선군 및 삼척시에 걸쳐 있는 산) 기슭이다. 우리는 이곳에 있는 한강의 발원지, 검룡소를 찾아가고 있다. 검룡소는 석회 암반을 뚫고 솟아나는 냉천이다. 갈수기에도 마르지 않는 이 물줄기는 오랜 세월을 흘러 길이 1~1.5미터, 폭 1~2미터의 암반이 파이고 소(沼)가 된 것이다. 하루 용출량이 2천 톤에서 3천 톤에 이르며 항상 비슷한 양의 물을 뿜어낸다. 물이 흘러내리는 모양이 용틀임을 하는 것같이 보인다고 해서 검룡소라고 한다.

7월이어도 숲길은 서늘하다. 소나무, 잣나무를 비롯해 크고 작은 나무들이 빼곡히 들어선 숲은 실안개를 두르고 있다. 나무 밑을 차지하고 피어 있는 야생화가 눈길을 끈다. 물봉숭아, 동자꽃, 마타리, 꿀풀, 범꼬리, 초롱꽃 등 여리고 고운 자태로 숲을 수놓고 있다.

길은 부드러운 흙길이다. 산속으로 얼마쯤 들어섰을까. 길 왼편에서 계곡물 소리가 난다. 복자기와 물박달나무 사이로 거품을 내며 흰 물줄기가 흘러내린다. 그 위용이 대단하다. 물은 오를수록 더 세차고 물보라까지 친다. 물결에 씻긴 자갈, 돌, 바위는 이끼에 덮이고 번들번들 윤이 난다. 골짜기 건너 어둑한 곳은 깊은 정적에 싸여 있는데, 갑자기 긴 흰 수염에 꼬부랑한 지팡이를 든 산신이 나타날 것만 같다. 조심스러워진 우리는 말 한 마디 건네지 않는다.

30여 분 올랐을까. 길이 조금 넓어지더니 다시 골짜기가 나서고 그 위에 나무 데크가 놓여 있다. 세심교라고 한다. 세심교를 지나니 보기에도 든든한 표지석이 나타난다. '태백의 광명정기 예 솟아 민족의 젖줄 한강을 발원하다.'라고 또렷이 쓰여 있다. 멀지 않은 곳에 검룡소가 있다는 반가운 안내인 것이다.

나무 데크에 올라서니 풀과 바위로 덮인 비탈 아래 서너 평의 소가 눈에 들어온다. 푸르다 못해 거무스름한 작은 샘. 아! 신비롭다. 바로 이곳이 한강의 원천이란다. 소 가운데는 잔잔한 파문이 일고 "뽀글뽀글" 물방울이 일어난다. 소의 둘레 한쪽에서는 흰 물줄기가 쉬지 않고 "콸콸" 쏟아진다. 금대봉 기슭에 있는 재당굼샘, 고목나무샘, 물

곡의 석간수와 또 예금터에서 솟는 물이 지하로 스며들었다가 한꺼번에 이곳에서 솟아나 소를 이루는 것이다. 소를 채우고 남은 물은 밖으로 흘려보낸다. 이 물은 곧 세찬 폭포가 되어 쏟아지는데 폭포에는 전설이 함께한다. 서해에 살던 이무기가 용이 되고자 강을 거슬러 검룡소까지 올라왔다. 용이 되기를 기다리는 동안 이무기는 근처 마을의 가축을 자꾸 잡아먹었다. 해서 마을 사람들이 이무기를 죽이고 검룡소를 메워 버렸다. 폭포는 이무기가 용이 되기 위해 몸부림치며 기어올라 생긴 것이라고 한다.

소를 떠난 물은 한강이 되기 위해 긴 여행을 시작한다. 산기슭을 스쳐 들판을 지나고 구불거리다 다시 길게 출렁이며 낮은 곳으로 더 낮은 곳으로. 이름도 여러 가지, 상류에서는 골지천으로 불리다가 정선에 다다르면 조양강이 된다. 이 조양강이 몸을 불려 영월을 지나니 동강이고, 동강은 단양 충주 여주를 거쳐 양평의 양수리에 이른다. 이 강을 강원도 금강산 부근에서 발원하여 흐르는 북한강과 구별하여 남한강이라고 부른다.

다시 강은 양수리에서 북한강과 합류하여 새로운 이름을 얻는데 바로 우리 입에 자주 오르내리는 한강이다. 이렇게 하나로 합쳐져 훨씬 폭을 넓힌 한강은 팔당호에 잠시 괴었다가 서울로 진입, 완만한 흐름으로 시 지역을 통과한다. 이어 파주시를 거치고 부근에서 임진강과 합친 다음 김포를 지나 마지막 서해로 들어간다. 그 길이가 514.4킬로미터로 압록강 두만강 낙동강에 이어 우리나라에서 네 번째로 긴 강이다.

선사 시대부터 현재를 잇는, 우리네 역사가 녹아 있고 지금도 이 땅의 중심부를 흐르며, 자랑스러운 문화와 생존의 터전이 되어 주는 한강. 런던에 템스 강이 있고 파리에 센 강이 있다면 우리는 한강이 다.

"우리가 물이라면 새암이 있고…"〈개천절 노래〉를 떠올리며 귀경하는 버스에 오른다. 오늘 한강의 발원지를 탐방한 일은 생각할수록 가슴 뿌듯하다.

검룡소의 물줄기는 세세만년 솟아나 영원토록 흐를 것이다.

(2017.)

백두산 무지개

저녁 뉴스를 시청하던 남편이 급히 부른다. TV에서 오늘 낮, 서울 하늘에 뜬 무지개를 다시 방영해 주고 있다는 것이다. 부엌에 있던 나는 물론, 그 장면을 놓치고 말았지만, 남편은 연신 싱글벙글 즐거운 모양이다.

무지개. 물방울에 빛이 통과하면서 생기는 현상이라는 과학적인 원리를 떠나 우선 얼마나 아름답고 신비한가. 비가 갠 하늘에 그림같이 떠 있는 오색 띠는 보는 이에게 큰 기쁨과 부푼 희망을 선사한다.

몇 년 전 9월, 우리 부부는 한가위도 내놓고 백두산 기행을 위해 여장을 꾸렸다. 경비를 감안하여 여행은 남의 일이라고 여긴 우리였다. 하지만 남편이 폐렴으로 사경을 헤매다 다행히 석 달 만에 퇴원을 하자 내가 앞장을 서서 백두산 여행을 계획한 것이다. 한 생 열심히 살아왔는데 부부 동반하여 백두산에라도 다녀오고 싶었다.

하늘이 도왔는지 천지는 잿빛 구름 몇 덩이 뜬 하늘을 이고, 신비하고 장엄하게 그 모습을 드러내 주었다. 〈애국가〉를 부를 때마다 떠올리고, TV 등에서 영상을 대할 때면 더 궁금하던 백두산과 천지. 30여 분간 감격과 기쁨에 겨운 조망을 무사히 마치고, 장백폭포 근처에 이르렀을 때 빗방울이 떨어졌다. 곧 빗방울은 소나기로 쏟아지다가 산 밑의 내리막길로 나섰을 때는 말끔하게 그치고 햇살이 환하게 비쳤다.

바로 그때였다. 아! 저만치 무지개가 떠 있는 게 아닌가. 새파란 하늘을 바탕으로 오색 무지개가 들판에서 시작하여 커다랗게 반원을 그리며 산자락 백양나무 숲으로 들어서고 있었다. 나는 소리쳤다. "저기 무지개가 떴어요!" 가까이 걷고 있던 사람들이 "와아!" 하며 탄성을 지르고 손뼉을 쳤다. 사방에서 카메라의 셔터 소리가 들려오고 웃음소리가 요란했다. 천지의 조망에 이어 무지개를 보다니, 마치 꿈을 꾸는 것 같았다.

40여 년 전 일이 떠오른다. 결혼을 앞둔 어느 날, 우리는 고향의 한적한 바닷가를 거닐며 미래를 설계했다. 이런저런 얘기가 오가던 중에 청년은 호기 있게 바바리코트 자락을 펄럭이며 말했다. 열심히 저축하여 좋은 집도 사고, 해외여행도 하자면서 자신은 오로라를 보는 게 소원이라고 했다. 오로라는 극지방에서만이 볼 수 있는 신비한 자연의 현상으로, 담황색과 초록색이 어우러져 여러 형태로 너울대는 현란한 빛의 향연이라는 것이었다. 그날, 나는 오로라에 대한 꿈을 어떻게든 이루어야겠다고 마음먹었다. 젊은 나는 세상이 두렵거나 인생길에 걱정거리가 산재해 있으리란 생각을 못한 것이다.

우리의 결혼 생활은 만만치 않았다. 우선 살 집을 마련하기가 급선무였다. 월세를 전세로 바꾸고, 또 몇 년간 모아 허술한 초가를 사고, 다시 작은 양철집으로 바꾸었다. 그러나 집다운 집은 모아진 돈에 비해 그 가격이 워낙 차이가 나서 내 집으로 만들기가 무척 어려웠다. 아이들 양육이며 학비며 시시때때로 들어가는 병원비 등등 꼭 써야 할 돈은 써야 했으니⋯. 그때를 생각하면 젊음을 다시 준다고 해도 돌아가고 싶지 않다.

그 뿐이 아니다. 요즈음은 어린이집도 있고 보육원도 있지만 우리 젊었을 적에는 이런 시설은 꿈도 꾸지 못했다. 직장에 나가던 나는, 가정 형편 때문에 중학교 진학을 못한 소녀를 구해 아이를 맡겼다. 그런데 이 철부지들은 어쩌다가 토라지면 앞뒤 사정 생각하지 않고 곧 자기네 집으로 가 버리곤 했다. 갑자기 그런 일이 생기면 몹시 난감했다. 하루는 아이를 안고 대문 앞에서 어쩔 줄을 몰라 하는데 이를 본 동네 아주머니가 아이를 맡아 주어 무사히 출근할 수 있었다. 또 바쁜 업무에 조퇴하기가 어려워 홍역을 치르는 아이를 소녀에게 맡겨두고 저녁 늦게야 집으로 향하던 일도 쓰리고 아픈 기억이다.

지금도 백두산 자락에서 바라본 무지개가 선하다. 남편도 뉴스를 보며 그날의 무지개가 새삼 떠올라서 즐거워한 것이리라. 어쩌면 남편과 내 인생에 뜬 무지개일지 모른다는 생각이 들 때가 있다. 힘들게 공무원 생활을 오래 해 온 보상으로 연금 수혜자가 된 것이다. 많지는 않지만 아껴 쓰면 생활비 걱정은 없으니 고마운 일이다. 그동안 해외여행을 어찌 꿈꾸었겠는가.

저 알래스카 북쪽 극지방을 가야 볼 수 있다는 오로라는 지금의 우리 건강으로서는 젊을 적 꾸어 본 꿈속 이야기일 뿐. 하지만 늦게나마 백두산 천지를 관망하였으니 그나마 소망을 이루었다고 할까. 새벽이면 TV에 〈애국가〉와 함께 비춰지는 백두산, 그 산자락 하늘에 떠 있던 아름다운 무지개. 어찌 생각하면 오로라에 못지않는 멋진 여행이 아니었나 싶다.

뉴스는 계속되고 있다. 언제나와 같이 뉴스가 끝나야만 남편은 자리에서 일어날 것이다. 백발이 성성한 노인이 된 그의 모습에 가느다란 연민이 인다. 저녁상을 차리며 나는 큰소리로 말한다. "그 백두산에 뜬 무지개가 오로라를 대신했나 봐요. 우리 삶도 나쁘지만은 않지요? 괜찮지요?"라고.

(2016.)

여강길 따라

D일보 문화면의 사진 한 장이 눈길을 끌었다. 잎이 다 진 커다란 나무 한 그루가 서 있는 호젓한 겨울 강변 풍경이다. 여강이 흐르는 여주의 옛 나루터인데, 4대강 개발 구역에 포함되어 있는 곳이다. 그러고 보니 이 겨울만 지나면 곧 개발을 시작할지도 모르지 않는가. 마침 신문은 여강을 찾아갈 수 있는 코스까지 안내하고 있었다. 설이 지나자 한파가 잠시 누그러졌다. 이때다 싶어 H여행사가 주최하는 '여강길 걷기'에 따라나섰다.

두툼한 잠바 차림으로 동이 틀 무렵, 광화문 뒷길에서 버스를 탔다. 차 안에서 가이드가 여강에 대하여 안내했다. 여강은 남한강의 다른 이름으로 검룡소에서 발원하여 정선군과 영월군을 거쳐 여주 앞을 지나는데 여주 사람들은 강이 마치 검은 말을 닮았다고 하여 여강(驪江)이라고 부른다.

두어 시간 만에 여주의 섬광교에 도착했다. 원래 여강길 걷기 코스는 세 곳으로 옛나루터길, 세물머리길, 바위늪구비길로 나뉘어 있다. 그중 우리는 바위늪구비길을 간다. D일보에서 본 옛나루터길은 아니다. 그러나 강변을 따라 걷는다는 것만으로도 즐겁기만 하다. 섬강교에서 출발, 다리 밑을 돌아 논밭을 지나고 강과 인접한 좁다란 산길에 이르렀다. 이름하여 해돋이산길이다. 길이 한 사람이 지날 정도로 좁아서 우린 아이들처럼 한 줄로 길게 걸어갔다.

찬바람에 뺨은 시리지만 햇살은 따스하고 부드럽다. 나뭇가지 사이로 강을 내려다보며 '신선이 걷는 길'이라는 길을 걷는다. 말 그대로 자연의 쾌적한 기운에 신선이라도 된 기분이다. 그런데 걱정거리는 인기척에 산속 식구들이 놀라 소리를 지르는 것이다. 산새가 자지러질 듯 울고 꿩이 놀라 "푸드덕" 소리 내며 뛰쳐나간다. 산 밑으로 내려서니 시야가 잔잔한 호수로 가득 찬다. 건너편 언덕 아래를 스쳐가는 강이 큰 호수같이 보인 것이다. 놀라운 것은 맑은 강물 안에 붉은 해가 들어가 있는 광경이다. 명경 같은 강물에 둥근 아침 해가 신비스럽게 비쳐 든 것이다. 정월에 보는 물속의 아침 해! 올해, 우리에게 좋은 일만 생기려나 보다.

내리막길은 나무가 뜸한 편이다. 한 떼의 고니들이 강물 위에서 놀고 있다. 한 마리, 두 마리, 세 마리…. 대여섯 마리나 된다. 역시 우리를 경계하는 듯이 한꺼번에 목청껏 소리를 질러댄다. "끄루룩, 끄루룩, 끄루룩" 우아한 생김새와 달리 무엇엔가 몹시 짓눌리는 듯한 소리들이 시끄럽기까지 하다. 요란한 고니들의 외침이 멀어지자 완만한 오솔길이 나선다. 길은 양지쪽이라서 눈도 이미 다 녹고 가랑잎들이 수북이 쌓여 발걸음이 편안하다.

드디어 남한강대교 밑을 지나 목적지 바위늪구비길이다. 바위늪구비길은 강물이 실어다 놓은 흙과 자갈로 만들어진 자연 늪으로, 강물이 늘면 물길이 되고 줄게 되면 늪이 된다. 물가를 좋아하는 물억새와 갈대들이 긴 밭을 이루고 춤을 추듯 강바람을 타고 있다. 이곳이나마 그들의 세상이면 좋을 것을. 잠시 '개발'이라는 두 글자가 떠오른다. 길은 모래와 자갈땅이기도 하고 질척거리는 진흙땅이기도 하다. 겨울이면 철새가 날고 간혹 산에서 내려온 고라니도 볼 수 있다더니, 우리가 훼방을 놓아서인지 한 마리도 보이지 않는다.

훤히 트인 하늘 아래 강바람이 분다. 강 건너 그늘진 산자락에 가르마같이 생긴 좁은 산길 하나가 지나가고 있다. 옛날에 경상도와 충청도의 선비들이 한양으로 과거를 보러 가기 위해 다닌 길이란다. 입신양명의 큰 뜻에 이어 거의 시름겨운 낙향의 길이었을 터. 지금은 고즈넉하기 만한 길 위에 내 연민 한 자락이 날아간다.

얼음이 녹지 않은 곳은 돌다리를 만들며 건너고, 미끄러운 진흙길은 손을 잡고 걸었다. 그렇게 얼마쯤 보냈을까. 앞서 가던 일행이 강물 앞에서 물수제비뜨기 놀이를 하고 있다. 먼저 한 사람이 강으로 조약돌을 던지자 이내 조약돌이 물위에서 "퐁퐁퐁" 소리와 함께 물방울을 튕기고 뛰어간다. 묘기에 가깝다. 나도 조약돌 하나를 집어 힘껏 던져 보았다. 에그, 물방울은커녕 내 발 앞에 툭 떨어져 버린다.

"깔깔깔" 우습다. 오랜만에 큰소리로 거침없이 웃어댔더니 속이 다 후련하다.

강물 위에 쉴 새 없이 물무늬가 인다. 이곳까지 흘러오며 담겨진 수많은 사연이듯 얼음장 깔린 산골짜기의 모습이며 봄을 준비하는 풀씨들, 그리고 작년 냇둑에 심은 어느 노부부의 김장감의 작황도 속살거리는 것 같다. 그래, 오늘 우리네 이야기도 강물에 실려 멀리 멀리 전해지리라.

하오 3시쯤 버스가 기다리는 강천마을에 다다르니 설핏 해가 기울었다. 돌아보면 우리는 여강 변을 찾아 즐겁게 노닌 한 떼의 철새들인 것만 같다. 사라진다는, 변한다는 지금의 여강길이 너무 아쉽다. 봄이 오기 전에 옛 나루터길, 세물머리길도 가보고 싶다.

(2010.)

굴업도

연일 이어지는 무더위 속에 문우 C에게서 전화가 왔다. 1박 2일, 서해안의 굴업도에 함께 가지 않겠느냐는 물음이다. 굴업도는 인천시 옹진군에 속하고, 섬의 형태가 사람이 엎드린 것같이 보인다고 해서 굴업도(屈業島)다. 무인도 같은 곳으로, 어느 기업체가 곧 개발한다는 소문이 있으니 그 전에 한번 다녀오자고 했다. 반가웠다.

인천 연안부두에서 1시간여 쾌속선을 타고 덕적도에서 내렸다. 다시 덕적도에서 배를 바꿔 타고, 1시간쯤 걸려 굴업도에 도착했다. 미리 기다리고 있던 소형 버스를 타고 숙소 근처에서 내렸다. 오솔길을 따라 민박집에 이르자 활짝 핀 해바라기와 새빨간 접시꽃들이 기다렸다는 듯 반겼다.

숙소에 짐을 맡기고 동섬에 속한 연평산을 향해 목기미 해변을 걸었다. 해변은 굴업도를 동섬과 서섬으로 나누는 모랫길이다. 바다 사이로 난 모랫길은 단단히 굳어 발자국도 찍히지 않았다. 바닷물이

고인 곳에 다슬기가 보였지만 해가 곧 질 것 같아 그냥 지나쳤다.

목기미 해변을 뒤로 하고 산자락을 돌아가자 또 해변이 이어졌다. 그 해변 중간쯤에 우뚝, 우람한 바위 한 덩이가 눈 앞에 선다. 코끼리 바위라고 한다. 군데군데 구멍이 뚫린 육중한 몸뚱이에 오돌토돌 주름진 긴 코가 영락없이 코끼리를 닮았다. 오랫동안 소금바람과 파도의 침식 작용으로 구멍이 났고, 구멍이 점점 커져 코끼리 형상이 된 것이다. 신묘한 자연이 만든 걸작이다.

연평산을 오르기 시작했다. 오름길이 모래 언덕이어서 무척 힘이 들었다. 움직일 때마다 모래가 무너지고, 모래와 함께 두 발도 미끄러져 내렸다. 넘어지기 여러 번, 기어오르다시피 하여 한참 만에 정상에 이르렀다. 그곳에서 풀과 함께 군락을 이룬 낯선 나무들을 만났다. 작달막한 키에 잎이 작고 잔가지가 고불고불한 소사나무들이다. 모래 언덕의 열악한 환경을 이겨 내다 보니 모양새가 그리 되었으리라. 소사나무 그늘에 앉으니 섬 풍경이 한눈에 들어왔다. 거무스레한 숲과 흰 모래밭, 바다에 뜬 작은 섬들, 갖가지 모양의 바위 등이 맑은 하늘을 배경으로 그림 같았다.

이른 저녁을 먹고 서쪽에 있는 개머리능선을 찾았다. 서해의 일몰을 보기 위해 일부러 저녁에 나선 것이다. 자갈, 나무뿌리가 널린 산길을 힘겹게 오르자 드넓은 초지가 나타났다.

능선은 연평산의 모래 언덕과 너무 달랐다. 개미취, 엉겅퀴, 달맞이 등이 꽃을 피운 초지는 저녁 늦게까지 나비가 날고 있는 아늑한

정원이었다. 우리는 풀밭 사이로 가르마같이 난 길을 걸어 초지 끝에
섰다. 그곳은 아슬아슬한 수십 길 낭떠러지다. 발밑 층암절벽을 거센
파도가 쉴 새 없이 들이치고 있었다. 우리는 그 서해의 힘찬 몸짓에
말문을 닫았다. 오랜 세월 우리 땅을 지키고, 또 지켜줄 자랑스럽고
미더운 서해가 아닌가.

해가 긴 여름날이라고 해도 해거름은 잠시간이다. 어느새 서쪽 하
늘이 노을로 물들고, 태양은 바다 너머로 유유히 미끄러져 갔다. 밤
그림자가 찾아든 바다는 해무를 두르고 검푸른 빛깔로 넘실거렸다.
아름다운 황혼이었다.

초지에 어둠이 깔리기 시작했다. 서둘러 발길을 돌리는데 눈앞 능
선에 사슴들이 서 있는 게 아닌가. 사슴 서너 마리가 빛을 등지고
그림자같이 서서 우리를 내려다보고 있는 중이었다. 섬의 초지에 염
소와 사슴을 방목한다더니…. C가 슬그머니 카메라를 들자 사슴들은
재빨리 능선 너머로 사라졌다.

뿌연 달빛과 폰의 불빛으로 어둠을 헤치며 무사히 숙소 앞 해변에
닿았다. 그곳도 가득 바닷물이 들어와 있었다. 긴 파도가 흰 거품을
뿜고 달려와 모래밭을 적시고 물러가면 곧 다음 파도가 몰려왔다.
"우우" 우렁차게 소리치며 우리 발 앞에까지. 마치 우리를 위해 너울
춤을 추는 것 같았다. 그 너울춤 소리는 우리가 숙소로 돌아와 잠자
리에 누워도 그칠 줄 몰랐다.

이틀이 꿈속같이 지나갔다. 서해의 파도와 저녁노을, 바다에 자욱

하던 해무와 밤바다의 너울춤, 모래 언덕을 지키던 소사나무, 초지를 수놓고 있던 들꽃이며 능선의 사슴들, 그리고 기이한 바위들과 뽀얀 조각달 등 섬의 풍경이 하나같이 눈에 삼삼하다. 섬을 떠올리면 무더위 중에도 서늘한 바람이 인다.

굴업도가 개발된다는 말이 헛소문이기를 바란다. 자연의 일부분이어서일까. 우리는 때로 순수한 자연의 품을 그리워한다. 그곳에서 휴식하기를 원한다.

(2017.)

가을 나들이

☆ 순천만 갈대숲

순천만은 우리나라 최대 갈대 군락지다. 뿐 아니라 희귀 조류 서식지로 국가지정 습지보존지역이다. 이미 세계 5대 연안 습지로 국내외 관광객이 끊이지 않는 곳이다. 가을엔 갈대숲이 볼 만하고 겨울이면 흙두루미 재두루미 청둥오리 등 철새 떼를 만나기도 한다.

때가 일러 철새들은 보이지 않지만 워낙 궁금했던 곳이라서 신바람이 난다. 공원 입구를 지나 갈대숲을 찾아가는 동안 산책로 양쪽에 서식하고 있는 갖가지 수생 식물들이 자기만의 자태를 아낌없이 내보인다. 털강아지 같은 수크렁 꽃, 꽃이라고 하얀 솜뭉치를 바람에 날리며 자랑하는 물억새, 질경이, 띠, 바랭이, 물옥잠 등등 수십 종의 야생초들이 어우러져 발길을 잡는다.

한눈을 팔다가 우리 일행은 후미로 이른바 정원역이라는 팻말이

붙은 곳에 도착, 여섯 명씩 짝을 지어 스카이 큐브에 오른다.

큐브는 케이블카 비슷한 크기인데 우리는 세 사람씩 마주 보고 앉았다. 땅위로 둑을 쌓고 철로를 놓아 공중을 달리는 것 같은 큐브는 철로를 따라 기분 좋게 달린다. 사방 유리문 밖으로 그림 같은 순천만 전경이 훤히 시야에 들어찬다. 산은 멀리 물러나 있고 그 안에 펼쳐진 30여만 평의 습지, 벼가 누렇게 익어 가는 논이며 논가에 서 있는 아직은 푸른 나무들. 벼를 거둬들이고 나면 이삭이 남아 있을 것이리라. 그 이삭은 철새들의 겨울 양식이 된다.

습지 사이로 'S' 자 모양을 한 물길이 보인다. 하천과 해수의 유로인가 보다. 큐브 안의 우리는 이미 마음이 들떠 있다. J 문우는 폰을 들고 동영상을 찍고 N 문우는 고향의 들녘을 소개하는 중인데 우리 귀에 들어올 리가 없다. 드디어 K 선배가 저기 황새가 있다고 소리를 지른다. 시야에 희끗한 무언가가 재빨리 지나간다. 아, 논가에 서성이는 황새인가 싶다.

20여 분 되었을까. 종착역에 내려 무진교를 건넜다. 억새숲 입구, 갈대 사이로 난 샛강을 건너기 위해 만들어 놓은 자그마한 다리다. 다리를 지나니 곧 흙길이 이어지고 우리는 갈대숲에 들어선다. 하늘에는 구름이 끼고 소슬바람이 불어와 갈대들의 춤이 한창이다. 서걱서걱 저들만이 낼 수 있는 소리를 내며 파도같이 출렁인다. J 문우가 자줏빛 꽃을 피운 갈대들 앞에서 동영상을 찍고 남자 문우 K 선생님이 장난기 어린 어조로 우리 여자들을 힐끗 쳐다보며 콧노래를 부른다.

여자의 마음은 갈대와 같이/ 항상 변하는 여자의 마음/ 눈물을 흘리며 방긋 웃는 얼굴로/ 남자를 속이는 여자의 마음….

바닷가 기슭의 후미진 갯벌에 일가를 이루어 멋진 풍경을 만들어 낸 갈대들, 장엄하리만치 드넓은 군락을 이루고 철새들을 부르고 우리를 부른다. 억새숲이 우거진 순천만이 못내 자랑스럽다.

☆ 낙안읍성 민속마을

낙안읍성 민속마을은 과거의 모습으로 살아가는 현재의 마을이다. 작은 초가들이 옹기종기 모여 있는 마을은 과거 속에 머물러 있다. 집마다 사립문이 있고 야트막한 돌담, 그리고 그 마당에 살고 있는 감나무, 대추나무들이 우선 옛 향취를 풍겨 준다. 돌담에는 호박이 익어 가고, 강낭콩 줄기와 인동 줄기가 어우러져 꽃을 피우고 길게 돌아간다. 길섶의 가을꽃도 한창이다. 국화, 맨드라미, 설악초, 기생 초들이 길손의 발걸음을 반기고 있다.

마을 가운데 자리한 임경업 장군의 집과 그의 비각을 돌아보고, 잘 보존되어 있는 관아와 객사 건물을 관람한 뒤 바다와 연접한 곳에 쌓아 놓은 성곽에 오른다. 고려 시대에는 토성이었으나 임경업 장군이 군수로 부임하여 든든한 석성으로 개축하였다 한다. 마을의 울타리 역할을 하는 왜구를 막기 위한 것이라 한다. 성은 바다를 통해

침범하는 적들을 막기 위한 성이다. 전망대에 오르니 마을 전체가 훤히 시야에 들어찬다.

마을 쪽에서 바람을 타고 가야금 소리가 들려온다. 성벽 아래 한 초가삼간에서 흘러나오는 소리다. 마루에 앉아 흰 베옷에 상투를 틀고 수염을 늘인 육십 대쯤의 기인이 가야금을 타고 있다. 옆에는 그의 처인 듯, 수건을 쓰고 한복을 입은 여인이 버선코를 살짝 치마 밖으로 내놓은 채, 한쪽 무릎을 세우고 깍지 낀 양손을 무릎에 올린 자세로 앉아 있다. 옛 여인들의 다소곳이 앉아있는 모습이다. 아마 관람객을 위해 보여 주는 특별한 연출인가 싶다. 가야금 두어 곡조가 끝나자 대금으로 바뀌어 곧 맑고 장중한 가락이 초가을의 기운에 젖어 심금을 울린다. 이번에는 여인이 일어나 섬돌에 있던 흰 고무신을 신고 마당에 내려서서 춤사위를 보여 준다. 가락에 맞춰 뱅글 돌다가 치맛자락을 휘어잡고 한쪽으로 고개를 숙이며 사뿐사뿐 걷고…. 우리는 한동안 두 기인의 퍼포먼스에 넋을 잃고 일어설 줄을 모른다.

우리 고유의 서민 마을을 보여 주는 소중한 낙안읍성이다. 마치 타임머신을 타고 옛 시대를 한 바퀴 돌아 나온 느낌이다. 용인 민속촌, 서애마을 등 옛 기와 마을은 몇 군데에서 볼 수 있지만 옛 초가 마을을 그대로 볼 수 있는 곳은 다만 낙안읍성뿐이라고 한다. 잘 보전하여 후손들에게도 길이 알릴 수 있기를 바라는 마음이다.

☆ 불갑산의 상사화

원래 불갑산(佛甲山)은 모악산(母岳山)으로 불렸는데 백제 시대에
불(佛) 자와 갑(甲) 자를 딴 불갑사가 지어지면서 산 이름도 바뀌었다.
산은 크지 않지만 숲이 울창하고 산세가 아늑하여 산행하기에 알맞
은 곳이다. 또 암자가 많고 참식 나무와 상사초 같은 희귀 식물들이
군락을 이루고 있다.

해마다 9월이면 불갑산에 상사화 축제가 열린다. 이때가 산에 상
사화가 절정을 이루는 시기다. 축제를 앞두고 문우들과 상사화를 보
러 나섰다. 상사화는 봄철에 잎이 나서 6~7월경에 시들고 8~9월경
에야 잎 없이 꽃이 피는 별난 야생초다. 산길에 들어서자마자 나무
밑이며 풀섶이며 언덕배기가 온통 붉은 물감을 칠한 듯하다. 상사화
가 사방을 붉게 물들이고 있다. 봄철, 진달래로 우거진 산이 무안할
지경이다.

산 입구에 상사화에 대한 안내 글이 씌어 있다. 우리나라에 자생하
는 상사화는 여러 종류인데 불갑산에는 8월초에 진노랑 상사화가 피
고 8월 중하순에 상사화와 붉노랑 상사화, 9월 중순에 석산(꽃무릇)
이 핀다. 모두 잎이 시들어 없어진 다음에 꽃이 피는 식물로 잎은
꽃을 생각하고 꽃은 잎을 생각한다는 뜻으로 상사화로 부르고 있다.
원래 이 불갑산 축제의 상사화는 꽃무릇 또는 붉은 꽃이라는 석산(石
蒜)이다. 꽃에 전해지는 전설이 애달프다.

옛날 한 처녀가 아버지가 병환 중에 돌아가시자, 아버지의 극락왕생을 위하여 절을 찾아가 100일 동안 탑돌이를 했다. 그런데 이 절의 젊은 스님이 처녀에 대하여 연모의 정을 느꼈으나 차마 이를 처녀에게 표현하지 못했다. 이윽고 처녀가 불공을 마치고 집으로 돌아가자 스님은 병이 들어 얼마 후에 숨을 거두고 말았다. 이듬해 봄에 스님의 무덤에 꽃이 피었다. 잎이 나서 시들고 나면 뒤늦게야 꽃을 피우는 처음 보는 꽃이었다. 이 꽃을 사람들은 죽은 스님의 모습을 닮았다 하여 상사화(想思花)로 불렀다.

안타까운 스님의 사랑이다. 어쩜 잎과 꽃이 못 만나는 상사화를 닮았을까. 남녀 간의 사랑은 인생의 꽃이다. 그 꽃이 결실을 이루면 오죽 좋으련만 그렇지 못하는 인연도 있으니 어찌하랴. 하지만 미완(未完)의 정이기에 더 아름다운지 모른다.

해마다 불갑산에 상사화가 붉게 물들이기를 고대하며 산길을 내려온다.

(2018.)

크루즈를 타고

동창회에서 크루즈 여행을 결정했다.

짐은 배에 놓아두고 기항지에 내려 관광하고 다시 배에 오르면 다음 기항지에 도착하는 크루즈 여행이 나이 든 우리에겐 적합하다는 의견이 모아진 것이다. 속초항에서 출발하여 러시아의 블라디보스토크, 사할린을 들르고 일본의 북해도 오타루와 아키타를 거쳐 부산으로 돌아오는 일정이다. 나는 무엇보다 기항지를 찾아 동해를 실컷 떠다닌다는 것이 좋았다. 내 보헤미안 기질이 되살아 난 듯 설렘이 컸다.

크루즈는 7만5천 톤의 코스타 빅토리아호. 이탈리아 배로 롯데관광이 동해안을 중심으로 관광을 진행 중이다. 멀리서 보면 거대한 백곰 한 마리를 연상시키는 배는 부피가 14층 아파트의 크기와 비슷하다. 승객 1,800여 명에 승무원 700여 명, 964개의 객실이 있는 어마어마한 규모다. 웬만한 파도에는 흔들림조차 느껴지지 않는다.

각종 편의시설이 갖추어져 사우나, 헬스장, 대극장 공연장, 수영장, 도서실, 병원, 기도실, 레스토랑, 뷔페식당, 면세점, 뷰티, 카바레 등이 갖추어져 해상 생활에 불편이 없게 되어 있다. 다만 물만은 기항지에 정박할 때마다 챙긴다고 한다.

우리 객실은 5층으로 선수 오른편이다. 1실 2명이 사용하고 바다 쪽으로 둥근 창이 나 있어 바닷물이 가득 비쳐 든다. 찰랑이는 물결을 바라보며 자리에 누워 잠을 청하곤 했는데 크루즈가 주는 낭만이리라.

첫날 속초항에서 출발하여 다음 날 블라디보스토크에 기항했다. 우리나라는 5월인데 듣던 대로 3월의 날씨였다. 모두 두툼한 옷으로 갈아입고 독수리전망대를 시작으로 형제 동상, 레닌 동상과 정교회 등을 관람하고 혁명광장을 거쳐 밀나노카 거리를 걸었다. 가장 인상적인 장면은 개선문 근처에 있는 꺼지지 않는 불꽃이었다. 2차 세계 대전 때 시베리아 전선에 나갔다가 돌아오지 못한 병사들을 추모하는 불꽃이다. 곁에 잠수함 한 척이 놓여 있었는데 대전 때 독일의 군함 10대를 침몰시켰다고 한다.

저녁나절 블라디보스토크를 벗어난 크루즈는 다음 날 내내 전일을 항해했다. 그날 새벽의 테라스 산책은 무엇보다 소중한 나만의 추억거리다. 3일째 되는 날 아침, 눈을 뜨니 유리문으로 보이는 바다에 이미 어둠이 가시고 있었다. 동해의 일출이 궁금해졌다. 룸메이트 란이에게 혼자 나가도 걱정하지 말 것을 이르고 엘리베이터를 타고 갑판까지 올라갔다. 그런데 아뿔싸 해는 이미 바다 위에 뽀얀 붉은 빛을 뿌리고 있었다. 일출은 그 정도로 만족하기로 하고 올라온 김에 갑판을 산책하며 아침 바다의 운치를 실컷 맛보았다. 갑판엔 아직 운동하러 온 승객들도 보이지 않고 다만 나 혼자였다. 바닷바람이 싸늘하여 몸도 녹일 겸, 또 차분히 동해를 바라보기 위해 가장 높은 13층에 있는 조용한 선실로 들어섰다. 푹신한 의자가 놓여 있어 쉬기에 편하고 사방이 유리문이라서 사방 밖의 풍경이 훤히 눈에 들어왔다. 아담한 방에 은은히 가곡이 흘러나왔다. 나도 잘 아는 이탈리아 민요 〈오, 나의 태양〉과 테너 호세 카레라스가 부르는 〈아침의 노래〉가 원어로 흘러나오는 것이었다. 아름답고 맑은 노래 속에 크루즈는 하얀 고래처럼 바다를 가르고 수평선에 뜬 해는 넘실대는 물결 위에 고운 빛살을 아낌없이 뿌려 주고 있었다. 아, 그날 아침의 행복은 두고두고 기억될 것 같다.

나흘째 늦은 아침녘에야 사할린 코르사코프에 기항했다. 기항지 중 가장 관심이 가던 코르사코프다. 일제 때 징용으로 끌려가 돌아오지 못하고 망향의 서러움을 품고 한 세상 살아간 한인 동포들. 그분 1세들은 80, 90세의 나이에 이르러 아직도 몇 백 명 남아 있다고 한다. 말 그대로 낯선 동토에 뿌리를 내린 민들레들 같았다. 시종 먹먹한 가슴으로 망향의 동산, 한인문화센터, 향토박물관 등을 돌아보았다. 점심은 한인 식당에서 킹크랩을 넉넉히 대접받은 뒤 노을 녘에야 그곳을 떠나 다시 승선했다.

날이 밝아 오자 거무스름한 구름덩이 같은 형체가 바다에 나타났다. 오타루였다. 오타루는 우리나라 날씨와 비슷하여 벚꽃은 지고 대신 신록으로 덮여 있었다. 버들가지가 치렁거리는 길을 돌아 일본의 귀족이 살았던 아오야마 저택을 관람하고 시민 공원 오오도리 공원과 스스키노 거리 등을 구경했다. 그곳 점심상은 섬답게 해산물로 푸짐했고 오후 6시경에 승선하여 오타루 항을 벗어났다. 느닷없이 뱃고동 소리가 울려 발코니에 나가 보았더니 오, 검은 숲을 배경으로 등댓불들의 향연이 한창이었다. 밤에 출항하는 크루즈를 위한 특별한 인사 같았다.

다음 날, 한낮에 아키타에 도착했다. 내리는 봄비 속에 우산을 들고 사무라이가 살았던 가쿠노다테 저택을 관람하고 유명한 다키가에리 계곡을 오르내렸다. 심산 깊숙이 들어찬 삼림과 안개 낀 골짜기가 동양화 같다고 할까. 아름다운 풍광이었다. 그곳 가까이에 있는 온천에서 노독을 풀고 늦은 저녁에 크루즈가 기다리는 부두로 향했다. 벌써 선실에는 환한 등불이 켜져 있고, 갑판 위의 샹들리에는 줄줄이 찬란하게 빛을 내며 우리를 맞아주었다.

부산으로 향하는 마지막 날이다. 전일 항해에 승객들이 지루할까 봐 다양한 프로그램을 쉴 새 없이 진행했다. 강당에서 쇼를 보거나 춤을 추거나 면세점을 등을 오가며 승객들은 여유로운 시간을 맘껏 즐겼다.

우리도 면세점과 사진관을 들르고, 카지노와 소공연을 보다가 메인 홀에서 피아노 독주를 감상하는 등 크루즈 곳곳을 두루 돌아다녔다. 정오가 되어 바다가 보이는 11층 뷔페식당에서 오순도순 식사를 할 때였다. 그날따라 바람이 세고 크루즈 주위에 안개가 자욱했다. 그래서일까, 크루즈가 베이스 풍의 감미로운 고동 소리를 냈다. "부웅, 부 웅. 붕~" 오타루 항에서는 서너 번 짧게 내더니 이번에는 쉬었다 내고 다시 내기를 반복했다. 비나 눈이 오는 밤에 고향 목포에서 듣던 외항선의 그 고동 소리같이. 마치 나를 위해 부르는 장중하고 멋진 노래 같았다.

5월 13일 9시, 크루즈가 부산에 입항할 준비를 했다. 갑판에서 승무원 두 사람이 뭉친 밧줄을 풀어내니 하늘 아래에 오색 깃발이 나부끼고 부산항이 환해졌다. 크루즈는 또 속초항으로 가서 새 승객을 싣고 출항한다고 한다. 7박 8일, 한껏 낭만을 즐긴 행복한 바다 여행이었다. 하선하여 발걸음이 부두에 닿자 한번 더 크루즈를 올려다보았다.

"차오(안녕), 빅토리아호! 땡큐."

(2017.)

슈베르트의 〈겨울 나그네〉

어느 해 늦가을, 예술의전당에서 독일의 테너 슈라이어가 〈겨울 나그네〉를 연주했다. 음악에 대한 소양이 부족하고 독일어의 노랫말을 제대로 알아듣지는 못했지만, 슈라이어의 훌륭한 연기로 그날 밤 받은 감동이 적지 않다.

〈겨울 나그네〉는 슈베르트(1797~1828)가 시인 밀러(1794~ 1827)의 연작시에 멜로디를 넣은 연가곡이다. 연작시는 연인에게 버림받은 한 나그네의 겨울 여행 이야기다. 이 시에 슈베르트가 음울한 곡을 붙였으니 노래는 아름다우면서도 시종 어둡고 무거웠다.

소나기 같은 박수를 받으며 중년의 신사 슈라이어가 검은 정장 차림에 하얀 손수건을 들고 무대에 섰다. 피아노 전주가 울리고 그는 중후한 자세로 단정히 서서 첫 번째 곡 〈밤 인사〉를 불렀다. 연인으로부터 떠나지만, 원망보다는 염려가 깃든 이별의 인사였다.

······ 사랑은 방랑하는 것 내 사랑 영원히
단잠에 빠진 그대 깨우지 않으리.
발소리가 들리지 않게
조용히 문 쪽으로 가서 문에
안녕히라고 쓰리라.
그대가 이것을 보고 내 마음도
알 수 있도록 ······
　　　－〈밤 인사〉

다음은 〈풍향계〉로, 연인의 지붕에 있는 풍향계가 자신을 비웃는
듯하다는, 다소 흥분된 격한 어조로 불렀다. 이어 회한과 고독에 찬
〈얼어붙은 눈물〉을 부를 때 슈라이어는 눈물을 닦듯이 손수건을 얼
굴로 가져가곤 했다. 기가 막힌 연기였다. 전당 안은 노래에 빨려든
듯 고요했다.

······ 눈물 내 눈물이여
이렇듯 따스한 것이
아침 이슬처럼 싸늘하게
얼음이 되어 굳어 버렸네 ······
　　　－〈얼어붙은 눈물〉

큐피트의 빗나간 화살일까. 그러나 못 이룬 사랑이 더 아름다운 것, 애잔한 미련으로, 그리움으로 남아 있는 것은 못 이룬 사랑이 아닐까.

다시 슈라이어는 눈 속에서 나그네가 연인의 발자국을 찾는다는 〈동결〉을 부르고, 다음에는 우리가 애창하는 〈보리수〉를 불렀다. 고통에 겨워 스스로 안식을 찾듯이 보리수 아래에서 잠시 쉬어 가는 것 같은 나그네의 모습이 그려졌다.

성문 앞 우물곁에 서 있는 보리수
나는 그 그늘 아래 단꿈을 보았네.
가지에 희망의 말 새기어 놓고서
기쁘나 슬플 때나 찾아온 나무 밑 ……
　　- 〈보리수〉

다음은 스타카토의 반주가 날카롭게 울리는 〈마지막 희망〉이었다.

…… 하나의 잎을 보며 희망을 걸어 보았네.
바람은 그 잎을 희롱하고
아, 잎은 땅에 떨어지고 나는 몸을 대지에 던졌네.
　　- 〈마지막 희망〉

이어 〈폭풍의 아침〉 〈환영〉 〈이정표〉 등 24곡이 1분의 휴식을 갖지 않고 한 시간 반 동안 진행되었다. 화려한 무대의 조명도 없이 혼신을 다해 전 곡을 노래한 슈라이어는 우레 같은 박수를 받으며 무대에서 사라졌다. 훌륭한 연주였다. 그의 노래 속에서 젊은 나이로 생을 마감한 슈베르트가 다시 태어나는 듯 했다. 그래서 '인생은 짧고 예술은 길다'라고 하나보다.

열기를 식히기 위해 전당 뜰 분수대 앞에 섰다. 분수는 그때까지 힘차게 물을 뿜는데, 우면산 위에 뜬 별 하나가 영롱하게 빛났다. 유난히 큰 별 하나, 그만 갈 일을 잊고 서 있는데 멀리서 김 선생님이 "선생님, 차가 왔어요, 어서 오세요." 하고 불렀다. 슬프도록 아름다운 밤, 그 가을밤은 그렇게 깊어 갔다.

(2010.)

올레길과 벗님들

- 〈메기의 추억〉

1.

오후 1시에 김포를 이륙한 아시아나 항공기는 두 시간 만에 제주공항에 착륙했다. 여장을 챙겨 게이트를 나서자 먼저 야자수의 잎들이 환영이라도 하듯 바람을 타고 펄럭였다. 2박 3일간, 우리는 희수를 맞아 제주도 올레길 여행에 나섰다. 일행은 경, 명, 복, 숙, 순, 정, 향, 혜, 그리고 나까지 아홉 친구다.

첫 순서로 용의 놀이터였다는 '용연계곡'과 교과서에서 익히 보아온 '용머리'를 구경했다. 다음은 안내자가 들려준 전설이다. 중국 진시황이 제주도에 왕이 태어날 것을 염려하여 호종단을 보내 혈맥을 끊으라고 했다. 해서 호종단이 왕후지지의 혈맥을 찾아 용의 꼬리와 잔등을 칼로 내리쳤더니, 몸은 피를 흘리며 바다로 들어가고 머리 부분만 남아 바위로 변했다고 한다. 바다를 뒤로하고 우뚝 솟아 있는 바윗덩이, 전설에 나오는 영락없는 용머리다.

이어 버스로 '한라수목원'에 이르렀다. 갖가지 교목, 관목, 약용 식물이 자연 학습장을 이루어 식물학을 공부하는 사람들이 많이 찾아온단다. 울창한 나무 사이로 난 길을 친구들과 앞서거니 뒤서거니 하며 30여 분 걷노라니, 학창 시절 소풍 길에 오른 것처럼 정답고 즐거웠다. 우리는 3년간을 같은 교실에서 같은 선생님께 배운 동창 친구들이니 어찌 정답지 않겠는가. 누가 더 잘나고 잘살고를 떠나, 우리는 모두 순수한 제복의 소녀들로 되돌아가 있었다.

2.

어제보다 바람결이 더 드세고 구름이 잔뜩 낀 날씨다. 하지만 걷기에 좋은 날씨라고 서로 기분을 부추기며 올레길 6코스로 향했다. 6코스는 쇠소깍이란 곳에서 외돌개까지 4~5시간 걸린다고 한다. 그래서 우리는 40여 분짜리 '새연교'와 '새섬'을 중심하여 그 둘레만 걸었다. 새섬의 새는 날아다니는 새가 아니라 초가지붕 이을 때 사용하는 새(띠풀)를 이른다나. 새섬 앞에 동그만 섬들이 잠시 건너와 보라는 듯 시야를 떠나지 않았다. '범섬', '문섬', '섶섬'이다. 문득 목포항의 크고 작은 섬들이 떠올랐다. '연륙이다, 개발이다' 하는 틈에서 제대로 그 자리를 지키고들 있는지….

월평마을에서 대평 포구까지 8코스는 3~4시간 걸린다고 하여 우리는 또 체력을 아끼기 위해 '씨에스 호텔'에서 '성천 포구'까지만 걸었다. 나이는 어쩌지 못한다더니 올레길 중 가장 짧은 쪽을 택한 것이다. 길은 숲이 자주 나서고 나무 데크로 조성된 산책로가 대부분이라서 걷기에 편했다. 그래도 쉬지 않고 걸어야 했기에 다리가 뻐근해지기 시작하는데 앞서가던 정이와 순이가 갑자기 폭소를 터트렸다. 남학생으로부터 프로포즈 받았던 일을 털어 놓고 있는 중, 뒤따르며 엿듣는 나도 피식 웃어 주었다. 간혹 있었던 소녀 때의 사연들이다. 선생님과 친구들이 알까 봐 쉬쉬했던 그 일들이 소중한 추억거리가 되어 달콤하기까지 하니 나이가 들긴 들었나 보다.

점심때가 가까워 오자 구름이 걷히고 바람도 잠잠해졌다. 하늘도 우리의 희수 여행을 격려해 주나 싶었다. 오후에는 울긋불긋한 색유리로 이루어진 '유리성'과 '소인국 테마파크'를 돌아보았다. 아름답고 신비한 유리성과 동화 ≪걸리버 여행기≫의 일부분을 꾸며 놓은 멋진 소인국 테마파크는 어린이들에게 꼭 보여주고 싶은 곳이다. 언젠가 손녀들을 데리고 이곳을 다시 찾으리라. 몽골의 초원과 말을 이용하여 칭기즈칸의 용맹을 재현한 '더마파크'의 관람도 매우 인상적이다. 광장을 차고 달리는 힘찬 말발굽 소리가 몽골의 초원으로 나를 초대하는 것 같았다. 아아, 초원과 잇닿은 몽골의 밤하늘에 찬란히 빛난다는 무수한 별들, 새삼 몽골의 밤을 그립게 하던 더마파크였다.

3.

일찍 일어나 '섭지코지'(서귀포 신양리 해안에 돌출된 부분)로 향했다. 바다와 등대, 넓은 들판이 빚어내는 이름하여 '아일랜드 정원'이다. 과연 명소였다. 우리나라에 저, 아일랜드라고 칭할 수 있는 풍경이 존재한다니 역시 제주도는 보배의 섬이다. 힘차게 암벽을 쳐 대는 태평양을 거쳐 온 파도들, 절벽 위의 등대와 뾰족 지붕을 한 작은 교회, 늘씬하게 자란 전나무들과 푸른 잔디, 클로버, 그 언저리에 금은 색 꽃을 피운 인동초. 아름다운 정원, 섭지코지였다.

한나절이 지나자 비가 내렸다. 빗속에 '조랑말타기 체험'을 하고 '에코랜드 테마파크'로 향했다. 1800년대의 증기기관차 볼드윈 기종을 모델화한 기차를 타고 한라산 자락을 한 바퀴 돌아보는 순서다. 한라산 자락을 구경하기에 앞서 안내자가 말하는 '곶자왈'이라는 제주도 방언이 재미있었다. '곶'은 숲을 말하며 '자왈'은 암석과 가시덤불이 뒤엉킨 모습을 뜻한다. 원래는 화산 활동에 의해 용암이 흘러 식은 곳으로 풀 한 포기 나무 한 그루 살아갈 수 없었으나, 오랜 세월이 지나 바위로 덮이고 호수가 만들어지며 초목이 우거져 오늘날에는 30만 평이나 되는 아름다운 정원으로 바뀌었다고 한다. 역시 세월과 자연이 준 귀한 선물, 한라산 자락이다.

우리는 '곶자왈'을 향하여 '블랙스톤'이라는 검은 돌을 상징하는 기차를 타고 메인 역을 출발했다. 장난감 같은 기차는 바리톤 음색 같은 기적을 울리며 철로를 따라 숲속을 달렸다. 원시 때부터 잘 보전된 듯한 비에 젖은 숲은 무서우리만치 신비할 지경이다. 관목을 방불케 하는 고사리 군락이며 크고 작은 고목들과 나뭇가지를 휘감아 오른 덩굴 식물들. 군데군데 솟아난 암벽, 가시덤불, 돌멩이. 썩은 나무

도막 등등 우리가 상상하는 원시림 그 자체였다.

얼마 후에 기차는 에코브리지 역에 정차했다. 그곳에서부터 다음 역인 레이크사이드 역까지 걷고, 이어 또 피크닉가든 역까지 걸었다. 안내자가 일부러 숲속을 걷는 자유 시간을 준 것이다. 마침 비가 그쳐 걷기에 좋았다. 약 10여 분 걷다가 숲 밖으로 나서자 눈앞에 푸른 들이 펼쳐지고 곳곳에 하얀 풍차와 커다란 바람개비들이 서서히 돌고 있었다. 그중 바람개비들의 멋진 날갯짓은 지금도 눈앞에 어른거린다.

붉은 화산 송이로 포장된 '송이 길'을 걸었다. 송이 길이 사라지자 맑은 물이 가득 담긴 넓은 호수가 드러났다. 그 호수 위에 놓인 갈색 나무다리를 걸으며 건너편 물가에 열린 꽃들의 아기자기한 향연을 보았다. 희고 올망졸망한 풀꽃들과 언덕배기에 군락을 이룬 하얀 데이지 꽃들. 언젠가 전시회에서 본 명화 같기도 한 고운 수채화였다.

우리는 다시 피크닉가든 역에서 기차를 탔다. 출발지였던 메인 역으로 되돌아가려는 것이다. 알고 보니 기차는 한라산 자락을 한 바퀴 돌아가며 순환한다. 우리나라 지하철 2호선같이. 도중에 있는 그린티로즈가든 역은 준비 중이라고 하여 그냥 지나쳤다. 많이 서운했지만 어쩌랴. 이름이 그린티로즈가든 역이니 머지않아 화사한 장미 꽃밭이 펼쳐지리라.

"칙 폭, 우우" 새로운 녹색들판이 지나가고 금잔디 동산이 군데군데에 나타나 연두색 무늬를 수놓았다. 그때였다. 친구들이 약속이라도 한 듯 노래를 부르기 시작했다. 〈메기의 추억〉이다.

옛날의 금잔디 동산에 메기 같이 앉아서 놀던 곳
물레방아 소리 들린다, 메기 아 희미한 옛 생각
동산 수풀은 우거지고 장미화는 피어 만발하였네.
물레방아 소리 그쳤다, 메기 내 사랑하는 메기야.

옛날의 금잔디 동산에 메기 같이 앉아서 놀던 곳
물레방아 소리 그쳤다, 메기 아 희미한 옛 생각
동산 수풀은 없어지고 메기 머리는 백발이 다 되었네.
옛날의 노래를 부르자, 메기 내 사랑하는 메기야.
　　　－〈메기의 추억〉

노래의 곡조는 갈수록 촉촉한 여운이 흘렀다. 나는 '애들아, 우리
가 바로 백발이 된 메기로구나! 그래도 다시 한 곳에 모여 희수를
자축하는 호사를 누리고 있으니 큰 축복이잖니?'라고 맘속으로 말했
다. 2절까지 계속된 노래는 어느 틈에 아름다운 하모니를 이루고 기
차는 한참 동안 숲 사이를 달렸다.

'곶자왈'은 기억해 줄 것이다. 노래 〈메기의 추억〉을. 우리들의 그
곳 이야기는 원시림에 부는 잔잔한 바람결같이 두고두고 세월 따라
오래오래 전해지리라.

(2011.)

성 필립보 생태마을

피정 길에 오른다. 동서울터미널에서 출발하여 평창터미널에 도착, 다시 택시로 20여 분 만에 마을에 도착하니 이른 저녁시간이다. 알맞게 온 것 같다. 앞에 놓인 층계를 오르자 먼저 성 필립보 신부님 동상이 눈에 들어온다. 필립보 김창린 신부님은 이곳에 생태마을을 지을 때 든 거액의 비용을 다 내놓은 분이시다. 개인의 전 재산을 모두 봉헌한 고귀한 뜻을 영원히 기리고자 세운 동상이다. 같은 사람으로서 어찌 그렇게 할 수 있었을까. 사제 중 사제이시다. 잠깐 머리를 숙이고 나서 발길을 돌린다. 생태마을 본관 제일 높은 곳에 예수님 성상이 두 팔을 펼치고 멀리 바라보고 계신다. 모두 어서 오라는 듯. 브라질의 코르코바도 산에 있는 예수님 상이 떠오른다.

로비에는 크리스마스트리가 반짝이고, 벽에는 스테인드글라스 창이 화사하다. 지정된 방에 들어서자 미리 깔아 놓은 따스한 이불이 몸의 냉기를 없애준다. 짐을 한쪽에 내려놓고 바깥 쪽 미닫이문을 열자 언덕배기 뜰이 펼쳐지며 겹겹이 둘러싼 산봉우리가 하늘 아래 고고하다. 좁다란 들녘에 평창강이 흐르고 강변 국도에 차 한 대가 달린다. 사방이 조용하고 평화롭다. 건물이라고는 해발 약 300미터 위에 세운 생태마을뿐이다.

아래층에서 징소리가 난다. 밖에서 산책 중이다가도 들을 수 있는 식사 시간을 알리는 신호다. 식탁은 모두 이곳 생산품들을 재료로 한 음식들로 차려져 있다. 구수한 밥, 청국장 무국, 달달하고 매콤한 김치, 우엉조림, 깻잎장아찌, 두부 등 모두가 내가 먹기에 편한 음식들이다.

커피는 로비에 있는 무인 자판기에서 스스로 뽑아 마신다. 커피 값은 정해져 있지 않다. 형편 대로, 마음 쓰이는 대로 상자에 넣으면 된다. 까페 이름은 '자카란다'다. 자카란다는 '프란치스꼬 봉사수녀원'에서 운영하고 있는 아프리카 잠비아의 농업기술학교 이름이며 생태마을에서 후원하고 있다 한다. 커피 수익금은 아프리카의 청소년, 어린이들을 돕는 데 쓰인단다.

이튿날, 새벽에 경당에 들어서니 자매님 한 분이 묵상 중일 뿐 작은 방 안은 고요로 가득 차 있다. 놓여 있는 작은 책상 하나를 차지하고 묵주 기도를 바친다. 하느님의 외아들로서 이 세상의 우리를 구원하러 오신 주님, 낼 모레가 이천 년 전의 그 환희를 기리는 성탄절이다. 분명 예수님은 하느님이요, 그리스도이시다. 교만스럽던 내가 늦게나마 신자가 되어 형제자매들과 어울리니 신통스럽기까지 하다.

모든 것을 내려놓고 주님의 평화가 내 마음 안에 꽃피어나기를 간구한다. 경당의 동쪽 창에 환한 아침햇살이 비쳐 온다.

아침 식사 후, 강당에서 관장인 황 신부님의 첫 강의를 듣는다. 신부님은 이곳 평창의 도돈리를 개발하여 오늘날의 생태마을을 만들고 가꾸신 분으로 생태마을을 돌보고, 아프리카 잠비아를 돕는 일뿐 아니라 틈틈이 곳곳에서의 강의와 우리를 위한 성지순례 등으로 몸을 아끼지 않으신다.

강의 주제는 '행복 만들기'. 행복은 먼 데 있지 않으며, 또 누가 주는 것이 아니라 바로 자신 안에 있다는 것, 그러니 자신이 행복을 만들어야 한다는 말씀이다. 칼 붓세의 "산 너머 저쪽에 행복이 있다기에 찾아갔다가 눈물만 머금고 돌아왔다네."라는 시의 구절이 생각난다. 행복하려면 어떻게 해야 한다는 것을, 또 무엇이 행복인가를 유머를 섞어 지루하지 않게 말씀하신다.

우리가 무얼 생각하고 염려하는지 처지가 어떤지를 다 아시는 것 같은 신부님이다. 말씀을 듣고 있으면 경탄과 함께 체증이 내려가고 삶의 의욕이 생겨난다. 그래서인지 비신자들도 유튜브를 통해 신부님 강의를 즐겨 듣는다고 한다. 또 성경 말씀은 얼마나 이해하기 쉽던가. 내 폰에는 지난번 강의해 주신 구약 이야기가 소중히 저장되어 있다. 이번 피정에 신부님의 강의가 두 번이나 들어 있으니 횡재를 한 기분이다.

두 번째 강의는 '잠비아'에 대한 것이다. 맹수들만의 땅으로 여겨

지던 아프리카의 작은 나라 잠비아. 제일 신난 장면은 황무지였던 그곳이 푸른 들로 변한 풍경이다. 불모지 모래땅에 물길을 내어 나무를 심고 농사를 짓게 하며, 얼룩소가 풀을 뜯는 목장을 만들었을 뿐 아니라 도로와 마을을 만들고, 그곳에 농업학교와 수도원, 성당을 세우는 등 어느 누가 흉내인들 낼 수 있을까. 참으로 기적에 가까운 일을 해 낸 신부님이시다. 가까이 뵐 수 있음에 감사하며 앞으로의 원대한 계획도 뜻대로 이루시길 기도하는 마음이다.

떠나야 할 날이다. 11시에 파견 미사를 드린 후 청국장 봉지를 넣고 짐을 꾸린다. 로비에 나와 택시를 불렀더니 2시간여 기다리라고 한다. 마을 둘레를 한 번 더 산책하고 싶었는데 더 잘된 것 같다. 벌써 정이 들었는지 마을 곳곳이 다시 보이고, 장독과 나무 등 주변 정경이 다 소중하게 느껴진다. 콩을 삶고 메주를 만드는 황토 집을 거쳐 찜질방 앞뜰을 지날 때다. "야―옹"하며 검은 야옹이 한 마리가 내 뒤로 다가온다. 밍크 같은 검은 털에 하얀 긴 수염이 있고, 둥근 회색 눈을 가진 예쁜 야옹이다. 야옹이는 나와 눈이 마주치자 재빨리 앞서 걷더니 길바닥에 일부러 쓰러진다. 그리고 내 눈치를 살피며 일어나려 하지 않는다. 예뻐해 달라는 몸짓이다. "그곳에 누우면 몸에 흙이 묻잖아. 응?"하며 야옹이 등을 부드럽게 쓸어 주고 흙을 털어 주니 그제서야 일어난다.

숙소를 향하여 야옹이랑 언덕길을 오르는데, 자매님들이 탄 승용차 한 대가 내려오고 있다. 승용차를 본 야옹이, 길에서 뛰어나가 작은 나무 뒤로 얼른 숨는다. 차가 위험하다는 것을 어떻게 알까. 영특하고 귀엽다. 이 야옹이는 쥐로부터 콩과 메주를 지키는 지킴이라고 오리엔테이션 시간에 들은 것 같다. 야옹이 때문에라도 피정을 또 오고 싶다.

약속 시간을 지켜 택시가 와 주었다. 평창에서 시외버스로 갈아타고 곧장 서울을 향해 달린다. 이미 마을은 산골짜기에 가려 보이지 않고 산봉우리에 걸린 잿빛 구름이 함박눈을 만드나 싶다. 고향 냄새가 나는 평창이다. 부담 없이 편안하기만 한 필립보 생태마을이다. 살다가 고달프면 고향인 양 찾으리라.

(2018.)

덕포진 교육박물관

　TV방송 〈인간극장〉 프로그램에서 김포에 있는 '덕포진 교육박물
관'을 소개한다. 박물관의 이모저모와 소개되는 관장 부부의 삶은 소
설이나 드라마의 소재가 되기에 충분하다. 오히려 늦은감마저 든다.

　초등학교의 부부 교사로 자식 형제를 두고 단란하게 살아가던 중,
뜻밖에 아내인 이 선생님이 시력을 잃는다. 남편 김 선생님의 온갖
노력에도 불구하고 힘을 기울여 보았지만 중년의 이 선생님은 어둠
을 벗어나지 못했다. 평소에 교육박물관의 필요성을 감지하던 김 선
생님은 아내의 건강을 감안하며 사재를 털어 덕포진 근처에 교육박
물관을 설립했다. 정년퇴임 없는 교사가 되게 하겠다며 박물관 1층에
'추억의 교실'을 만들어 이 선생님이 지키다 만 교단을 대신하게 하였
다. 점점 시력은 나빠져 빛만 흐릿하게 보인다는 이 선생님은 원래
성품이 밝고 쾌활한 분이다. 희고 둥근 얼굴에 잘 웃고 노래를 잘

부르며 음악에 조예가 깊어 특히 풍금을 잘 친다. 웬만한 동요는 악보 없이 능숙하게 외워 치는 실력이다. 하여 내방객인 학생들은 이 선생님이 치는 풍금 반주에 맞춰 신나게 동요 부르기를 즐긴다.

2층과 3층에는 한국전쟁 이후에 학교에서 사용하던 교구들과 학습 자료들이 연도에 맞춰 차근차근 진열되어 있다. 상장, 책가방, 공책, 그림, 교과서, 전과지도서, 교복, 필통, 만화책 등등 전국을 돌며 모아진 전시품들이 수백 가지다. 그중에는 내가 어렸을 때와 젊었을 적에 사용하던 낯익은 물건들이 대다수이니 두루두루 관람하노라면 세월을 역류하는 착각이 인다.

현대 의술이 극도로 발달되었다고 하지만 아직도 극복하지 못한 병증이 한두 가지가 아니니 안타깝기만 하다. 건강하게 살다가 창조주가 정해 준 생명이 다 하면 하루아침에 삶을 마칠 수 있다면 오죽 좋으랴만. 김 선생님과 나는 약 3년 동안 같은 학교에서 근무한 적이 있었고 그 후 서로 다른 학교로 전근이 되어 소식이 끊겼었다. 10여 년이 흐른 뒤에야 박물관 소식을 듣고 가끔 추억이 그리우면 들르곤 한다. 이 선생님이 처음 자신의 눈 상태를 알았을 때는 아파트에서 뛰어내려 죽을까도 생각했었다고 한다. 그러나 자신의 죽음이 가르치던 아이들에게 알려질까 봐 차마 죽을 수 없었다고. 학년을 채 올려 주지 못하고 중도에 퇴임을 하게 되어 늘 반 아이들에게 빚을 진 마음이라고. 그래서인지 추억의 교실 표찰은 이제도 저제도 이 선생님의 마지막 담임반인 3학년 2반이다.

방영 시간이 끝나 가는지 TV 화면에 박물관 앞뜰이 비쳐지며 인사말이 오간다. 큰아들 내외가 아이를 데리고 부모를 뵈러 왔다가 자기네 집으로 돌아가는 화기애애한 장면이다. 나란히 서서 손을 흔들며 만면에 웃음을 짓는 부부 선생님의 모습이 행복해 보인다.

다음 날 3년 만에 덕포진을 찾았다. 불현듯 이 선생님의 풍금 소리가 몹시 듣고 싶었다. 김 선생님은 출타하시고 이 선생님 혼자 박물관을 지키다가 옛 동료를 만나기라도 한 듯 깜짝 반기셨다. 한동안 그간의 일을 대충 얘기하고 나자 이 선생님이 먼저 교실로 들어섰다.

수업이 자신의 임무요 내방객에 대한 예의인 양. 교실은 3년 전과 크게 달라진 것은 없었다. 칠판의 주훈과 당번 아이의 이름이 달라졌을 뿐. 칠판 한쪽 구석에 백묵으로 써진 '떠든 사람'을 보니 피식 웃음이 나온다. 우리 초등학교 시절 선생님이 안 계시면 반장이 칠판에 나와 떠들면 이름을 적겠다고 엄포를 놓던 일이 떠오른다. 칠판 옆에는 우리나라 전도가 걸리고 칠판 위에는 여전히 헝겊 태극기와 급훈 액자가 엄숙하게 자리를 잡고 있다. 역시 교실의 주인공은 작은 나무 책상과 걸상이다. 그 외 옛 물건을 어디에서 구해 왔는지 교탁이며 그 곁에 그림연극 틀과 아리아 풍금 한 대가 더욱 교실을 분위기 있게 만들고 있다.

마침 노인정에서 찾아온 할머니 네 분이 전시장에서 내려와 우리 3학년 2반 학생은 오늘 음악 시간에는 다섯 명이 되었다. 뒷줄에 앉은 내가 반장이 되어 "차려. 선생님께 경례." 하고 구령을 불러 선생님께 인사를 드렸다. 바야흐로 동요 부르기 음악 시간이다.

선생님이 풍금에 앉아 익숙한 솜씨로 동요 곡을 치신다. 한적하고 평화로운 풍경이 떠오르는 〈바닷가에서〉이다. 해당화가 핀 모래언덕, 바닷가는 내 초입지였다. "우웅 응 우웅 응 우우…" 바람 소리 같은 아름다운 곡조는 금세 교실에 가득히 퍼진다. 침묵 중이던 박물관이 깜짝 놀라 생기를 찾는다.

해당화가 곱게 핀 바닷가에서/ 나 혼자 걷노라면 수평선 멀리/ 갈매기 한두 쌍이 가물거리네/ 물결마저 잔잔한 바닷가에서

두 번째 노래는 〈반달〉이다.

푸른 하늘 은하수 하얀 쪽배에/ 계수나무 한 나무 토끼 한 마리/ 돛대도 아니 달고 삿대도 없이/ 가기도 잘도 간다/ 서쪽 나라로

〈반달〉 노래는 동요라기보다는 민요라고 해도 좋을 만큼 널리 불러지던 노래다. 어렸을 적부터 우리가 즐겨 불렀으며 또 내가 가르치던 아이들이 합창하던 노래다. 쪽배를 탄 토끼는 우리요, 은하수는 세월의 강이리라.

수업은 윤동주의 〈서시〉 낭송으로 끝이 났다.

만남과 달리 석별은 항상 허전하다. 언제 오마고 기약은 하지 못하고 돌아섰다. 벌써 이태 전과 다르게 내 건강과 잡다한 일상에 자신이 없어서다. 외출에서 돌아오신 김 선생님이 차로 버스 정류장까지 바래다준다고 했지만 극구 사양했다. 버스 타기 전에 조용한 산길을 혼자 걷고 싶어서이다.

눈부신 햇살 속에 6월의 신록이 싱그럽고 오솔길 따라 조금 전의 풍금 소리가 은은히 들려오는 것 같다. 지난날 교단 이야기를 다시 듣고 만날 수 있는 덕포진 교육박물관, 성한 사람도 하기 어려운 일을 해 낸 두 분 선생님께 한때 동료의 한 사람으로서 더욱 깊은 감사와 경의를 표한다.

(2016.)

04

망향의 언덕

선착장 근처에 있는 망향의 언덕에 오른다.
배 모양의 스테인리스 탑이 날아갈 듯 서 있다.
사할린 희생 동포들의 한을 위로하고 기리기 위한 위령탑이다.
탑 좌대에 새겨 놓은 '배 모양으로 탑을 세운 곡절'이 애절하다.
– 본문 〈망향의 언덕〉 중에서

망향의 언덕

친구들과 크루즈 여행 중이다. 속초항을 출발하여 블라디보스토크, 코르사코프, 오타루, 아키타를 거쳐 부산항으로 돌아가는 여정이다. 어제저녁에 블라디보스토크를 벗어난 크루즈는 밤새 항해하더니 아침 9시가 되자, 코르사코프 항을 앞에 두고 있다.

코르사코프는 러시아의 영토로서 사할린 주에 속하며 동포들의 가슴 아픈 사연이 남아 있는 곳이다. 흔히 사할린이라고 한다. 평소 궁금하게 여기던 곳을 찾아오게 되니 마음이 몹시 설렌다.

선착장이 크루즈를 대기에 마땅치 않아서 100여 명씩 텐더보트를 나눠 탄다. 파도가 높아서 보트가 곡예를 하듯 흔들린다. 북태평양의 물길이 섞여 파도가 높고 세차다. 하지만 동포들의 피눈물이 배인 곳을 찾아가며 어찌 이 정도를 두려워하랴. 뱃전을 꼭 붙잡고 15분쯤 버티자 선착장이다.

선착장 근처에 있는 망향의 언덕에 오른다. 배 모양의 스테인리스

탑이 날아갈 듯 서 있다. 사할린 희생 동포들의 한을 위로하고 기리기 위한 위령탑이다. 탑 좌대에 새겨 놓은 '배 모양으로 탑을 세운 곡절'이 애절하다.

1945년 8월 애타게 그리던 광복을 맞아
동토 사할린에서 강제 노역하던
4만여 동포들이 고국으로 돌아가기 위해
이 코르사코프 항구로 몰려들었습니다.

그러나 일본은 이제는 일본 국적이 아니라는 이유로
이분들을 내버린 채 떠나가 버렸습니다.
소련 당국도, 혼란 상태에 있는 조국도 이들을 돌보지 못했습니다.
짧은 여름이 지나 몰아치는 추위 속에서
이분들은 굶주림을 견디며
고국으로 돌아갈 배를 기다리고
또 기다렸습니다. ……

배가 이제나 올까, 저제나 올까 하며 언덕에서 날을 보내고 계절이 지났을 것이다. 자신이 없을 때 배가 오면 어쩌나 싶어 차마 언덕을 떠나지 못하다가, 더러는 굶어 죽고 얼어 죽고 혹은 미쳐 죽었다는 우리 동포들. 70여 년 전의 일이 눈에 보이는 듯 가슴속이 먹먹해

온다.

버스를 타고 동포들이 살고 있는 유즈노사할린스크로 향한다. 버스 안에서 곱상한 여인이 서투른 우리말로 자신을 소개한다. 한인 3세로 60세이며 남편은 러시아인이고 아들 한 명을 두었다 한다. 오늘 우리에게 안내를 하기 위해 두 달 동안이나 한국어 공부를 했단다. 쌍꺼풀 없는 실눈이 정답고 서투른 한국어가 오히려 친근감을 준다.

여인의 얘기를 들으며 창밖을 본다. 야트막한 산자락이 계속 지나가고 5월인데도 시야에 들어오는 풍경이 3월이나 다름없다. 자작나무에 돋아난 잎이 성글고 길가에는 갓 핀 민들레꽃이 지천이다. 도로는 빗자루로 쓸어낸 듯 깨끗하고 달리는 차는 우리가 탄 버스뿐이다.

여인은 이곳 한인 동포들의 내력을 말한다. 일제강점기에 수많은 우리 농민들이 토지를 잃고 살 길이 막혀 사할린까지 오게 되었다. 그 얼마 후 일본은 사할린을 개발하면서 동포들을 강제 징용하여 탄광, 벌목장, 비행장 건설 등의 현장에 노역시켰다. 그 수가 가족들을 합쳐 4만 명을 넘어섰으니 사할린에 동포들이 많이 살게 된 까닭이기도 하다. 여인의 할아버지도 전남 하의도가 고향이며 1944년 25세 때 징용으로 끌려와 지금에 이르렀다.

우리 정부는 1988년부터 동포들의 모국 방문과 영주 귀국을 받아들였다. 1세(1945년 8월 15일 이전 출생)들에 한해서다. 고향 가까운 도시에 시설을 마련하여 정착하도록 하는 한편 이분들을 위한 시민

단체도 생겨났다. 그러나 이젠 고령에 이른 분들이다. 가족이 그리워 다시 사할린으로 돌아가기도 하고, 또 새로운 이산의 아픔 속에 외롭게 여생을 보내는 분도 계신다. 강제 징용의 여파는 여전히 아물지 않은 상처로 남아 있는 것이다.

40여 분만에 버스가 유즈노사할린스크에 들어선다. 유즈노사할린스크는 사할린의 중심지답게 잘 정돈된 도시다. 동포들이 사는 집들도 제법 크고 가게도 연이어 열려 있다. 비교적 안정된 생활을 하는 분위기다. 몇 십 년에 걸쳐 민들레같이 뿌리를 내리고 내려 살 만한 터를 마련하였나 보다. 여인은 덧붙여 말한다. 1세들을 보고 자란 2세들은 우리의 문화를 간접적이나마 알고 있고, 3세들은 이야기로만 전해 듣는다고 한다.

한인문화센터는 아담한 2층 건물이다. 노인회, 이산가족회 등의 사무실과 의료실, 문화센터 교실 등이 마련되어 있다. 문화센터에서는 모국어를 비롯해 우리 고유의 춤과 노래 등을 가르친다. 요즘 우리나라에서 유행하는 대중가요도 즐겨 부른단다. 한인이라는 민족성과 정체성을 지키려는 몸부림이 눈물겹도록 고맙다.

3시경, 보트에 오르며 위령탑을 바라본다. 햇빛을 받아 탑이 유난히 반짝인다. 아픈 역사는 이로써 끝내야 한다는 당부를 소리 없이 보내는 것 같다.

손을 흔드는 여인의 모습이 아스라이 멀다.

"이제 우리가 원하는 것은 기억해 달라는 것입니다. 동토의 먼 사할린에서 모국을 그리워하며 살고 있는 우리가 있다는 것을 기억해 주십시오."

여인의 마지막 말이 파도와 함께 출렁인다.

(2017.)

서삼릉에 묻힌 사연

　며칠간 내내 눈이 내리더니 사방이 눈 천지다. 그런데도 아침 일찍 고양시 원당동에 위치한 서삼릉을 향해 출발했다. '조선의 왕릉 이야기'를 집필 중인 H선생이 서삼릉을 답사한다기에 따라나선 것이다. 한겨울에 능을 찾는 H선생에 대한 염려에 앞서, 서삼릉에 있다는 폐비 윤 씨의 묘가 더욱 나를 부추겼다. 조선의 역사에서 그냥 넘길 수 없는 연산군과 그의 생모 윤 씨 이야기. 그 윤 씨의 묘를 지척에서 관람할 수 있다니 좋은 기회가 아닌가.

　서삼릉은 희릉, 효릉, 예릉을 일컫는다. 이 외에도 3기의 원(의령원, 효창원, 소경원)과 윤 씨의 묘인 회묘, 왕자와 공주, 그리고 후궁의 묘 46기, 또 태실 54기가 자리 잡고 있다. 이 중 예릉과 희릉, 의령원, 효창원은 일반인에게 공개하고 있으나 효릉과 소경원, 회묘, 왕자와 공주, 후궁의 묘, 태실은 비공개 지역으로 특별한(학술연구, 조사 따위) 경우에만 관람이 가능하다.

먼저 입구에서 가까운 공개 지역을 관람했다.

첫 번째로 들른 곳은 예릉이다. 예릉은 쌍릉으로 난간석이 설치되고 여러 가지 석물이 알맞게 배치되어 왕릉으로서 손색이 없었다. 조선 제25대 철종과 그의 비 철인 왕후의 무덤이다. 철종은 사도 세자의 증손자로 헌종이 후사가 없이 승하하자 졸지에 강화도에서 농사를 짓다가 왕 위에 오른 분이다. 그는 '강화 도령'으로, 소설이나 드라마 속에서 우리의 심금을 흔들기도 한다. 산야를 뛰어다니며 자유분방하게 자라났을 시골 소년이 19세가 되어 갑자기 왕이 되고 궁중의 법도를 지켜야 했으니 얼마 동안은 고통이었으리라.

예릉에서 내려와 또 다른 홍살문으로 들어섰다. 중종의 제1계비로서 인종을 낳은 장경 왕후의 희릉이다. 단릉으로 봉분에는 병풍석이 없었다. 그녀는 왕자를 출산했으나 7일 만에 산후통으로 세상을 떠나고 말았다. 만약에 장경 왕후가 오래 살았더라면 아들 인종은 단명하지도 않고 그 치세가 더 탄탄했을지도 모른다. 핏덩이 왕자를 두고 세상을 떠난 그녀가 안타깝다.

희릉 가까이에는 사도 세자의 장자 의소 세손의 묘 의령원, 정조의 장자 문효 세자의 묘 효창원이 양지에 자리하고 있다. 정조의 형과 정조의 아들이 아래위에 잠들어 있는 것이다. 아담한 무덤에 곡장이 둘러지고 구역에 놓인 자그마한 석물들은 귀엽기까지 했다. 세손을 잃었던 영조와 세자를 잃었던 정조의 심경을 소리 없이 드러내 보이는 두 기의 원이다.

공개 지역을 다 돌아보고 비공개 지역으로 향했다.

입구에 있는 왕자와 공주, 후궁의 묘와 태실은 한곳에 모여 있어서 마치 공동묘지 같았다. 우리의 민족혼을 말살시키기 위해 왕족의 권위를 떨어뜨리고 조선의 내력을 짓밟고자 했던 일본의 소행이 적나라하게 보이는 곳이다.

드디어 내가 가장 찾고 싶었던 회묘로 발길을 돌렸다. 능역에 들어서자 먼저 눈에 띈 것은 문인석과 무인석 등 큼직한 석물들이었다. 연산군이 왕 위에 올라 생모를 제헌 왕후로 추승하며 회릉에 수축했던 석물들인지 왕릉 못지않았다. 윤 씨의 삶만큼이나 우여곡절이 많은 회묘다. 처음에 그녀의 시신은 현 망우리에 매장되었으나 자리가 좋지 않다고 하여 성종 때 지금의 경희대학 부속병원 뒤뜰로 옮기고 회묘라고 했다. 그 후에 연산군이 즉위하자 회릉으로 격상되었고 그가 폐위되면서 다시 회묘로 격하되는 부침을 겪는다. 1969년 회기동의 개발로 인하여 서삼릉으로 옮겨졌다.

소싯적에 일간지에서 읽은 역사 소설 〈연산군〉의 줄거리가 떠오른다. 윤 씨가 사약을 마시고 한삼에 피를 토하며 어머니인 신 씨에게 그 한삼을 아들이 왕이 되거든 꼭 전해 달라고 유언을 한다. 훗날 그 피 묻은 한삼을 전해 받은 연산군은 복수의 화신이 되어 사화를 일으키고 패륜을 일삼다가, 결국 폐주가 되어 귀양지에서 생을 마감하기에 이른다. 이 연산군과 윤 씨의 이야기는 여인의 한이 어떤 결과를 초래하는지, 복수는 자신도 파괴한다는 것을 여실하게 알려 준다.

다음에 관람한 효릉은 인종과 그의 비, 인성 왕후의 능이다. 인종 또한 가엾은 왕이었다. 강보에 싸인 채 생모 장경 왕후를 잃고 계모 문정 왕후의 품에서 자라났다. 처음에 문정 왕후는 어머니 역할을 잘해 냈으나 자신이 왕자를 낳게 되자 인종에 대한 마음과 태도가 달라졌다. 자신이 낳은 왕자의 장래를 염려하여 인종이 눈엣가시같이 여겨진 것이다. 끝내 그녀의 소원대로 인종은 재위 8개월 만에 세상을 떠났다. 그래도 인종의 효릉은 조성이 잘되어 있었다. 능역도 넓고 양지바르며 특히 병풍석에 조각된 구름 문양이 눈길을 끌고, 한가운데 새겨 놓은 십이지신상도 뛰어난 솜씨였다. 그러나 그의 비, 인성 왕후의 능은 병풍석을 두르지 않았다. 왕비였으나 아들을 낳지 못해 받은 푸대접이었을까. 쌍릉이면서 왕과 비의 능이 다른 곳은 효릉이 유일하다고 한다.

마지막으로 소현 세자의 묘인 소경원을 돌아보았다. 병자호란 후, 소현 세자는 그의 동생 봉림 대군과 함께 인질로 청나라에 끌려가서 살다가 돌아왔다. 8년여 청나라에서 머무는 동안, 그는 그곳에서 서양의 천문학과 수학을 배우고 독자적으로 외교적 재량권을 행사하기도 하였다. 이는 당시 조정의 친명정책과 상반되는 행위였으므로 많은 대신들이 세자를 부적격자로 여기게 되었다. 그래서인지 세자가 인질 생활을 마치고 귀국한 그 해에 원인 모르게 급사하고 만 것이다. 이에 일부 사학자들은 소현 세자가 독살되었음을 증거를 내세우며 주장하고 있다. 그때 조정에서 받은 냉대를 보여 주듯 묘역도 북쪽에 위치하여 유난히 춥고 봉분도 세자의 무덤으로는 믿기지 않을 정도로 작고 초라했다. 시운이 맞았으면 똑똑한 제왕이 되었을지도 모를 세자가 젊은 나이로 비명에 갔다고 생각하니 갑자기 더 손발이 시리고 마음도 시려 왔다.

　오전부터 시작한 서삼릉 관람은 오후까지 이어졌다. 관람을 마치고 버스에 오르며 인사차 산자락을 올려다보았더니 소복이 눈 쌓인 능역과 거뭇거뭇한 나무들이 한 폭의 아름다운 수묵화 같았다. 왕족으로서의 복락보다는 아픔과 슬픔이 켜켜이 묻혀 있는 서삼릉, 무심한 세월은 흘러 그 절절했던 사연들도 자연의 일부분으로 돌아간 듯 고즈넉하고 평화로웠다.

(2014.)

선현의 그림자
– 구미에서의 하루

1. 채미정 (採薇亭)

추풍령을 넘던 버스가 쌀쌀한 금오산 입구에 멈추어 섰다. 12월 초, 박물관문화답사 팀에 끼어 구미 지구를 찾아온 길이다.

금오산 자락, 채미정이다. 고즈넉한 앞마당에 고목이 다 된 회화나무 한 그루가 반겼다. 채미정은 고려 말기의 충신 야은 길재 선생의 충절과 학덕을 기리기 위해 1768년(영조 4년)에 건립했다. 채미정이란 이름은 중국 은나라가 망하고 주나라가 서자 백이숙제가 수양산으로 들어가 고사리를 캐어 먹다가 죽었다는 고사에서 따온 것으로 야은 선생의 행적을 백이숙제에 비긴 것이라고 한다. 이 때문에 금오산을 동방의 수양산이라고도 하며 수많은 선비와 시인들이 야은 선생을 백이숙제에 비기는 시 한 수를 남겨 놓고야 발길을 옮겼다고 한다. 채미정은 벽체가 없고 기둥만 16개로 되어 많은 사람이 둘러앉기에 편하게 지어져 있다. 사방이 툭 터진 마루라서 나그네가 도포자락을 펼쳐 걸터앉기에 수월했을 것이다. 일행과 한 자리 차지하여 안내자로부터 야은 선생의 학식과 덕망, 충절과 효심에 대한 일화를 들으니 가히 동방의 백이숙제가 따로 없을 것 같았다.

두 임금 섬기기를 마다하고 태종 이방원의 권유도 사양하며 고향에서 오로지 도학을 밝히고 후학 양성에만 힘쓴 고려의 충신 야은 선생이다. 해서 세상 사람들로부터 정몽주, 이색과 더불어 고려의 충신, 삼은으로 추앙받고 있다.

그는 훌륭한 도학자로서 집에 들어와서는 효도하고 밖에 나가서는 겸손하며 항상 즐거움으로 근심을 잊고 영달에 뜻을 두지 않았다고 한다. 하여 그를 흠모하는 학자들이 사방에서 모여들어 경전을 토론하고 성리학을 강해하였으니 문하에서 김숙자, 김종직, 김굉필, 정여창, 조광조로 그 학통이 이어져 조선조 사림 문화의 새벽을 열게 되었던 것이다. 경역에 보존되었다는 숙종의 오언시는 돌아보지 못하고 야은 선생의 시조 한 수를 읊조리며 마루에서 일어섰다.

오백 년 도읍지를 필마로 돌아드니
산천은 의구하되 인걸은 간 데 없네.
어즈버 태평연월이 꿈이런가 하노라.

인간이 지녀야 할 도리를 근본으로 하여 충절, 절제, 청빈을 바탕으로 살다간 선현의 그림자가 새삼 옷깃을 여미게 했다.

2. 인동향교

경내에 들어서자 깨끗한 마당 양쪽에 줄기만 남은 배롱나무가 주인인 양 반긴다. 줄기의 겉과 속이 한 빛깔이라 하여 선비들이 좋아했다는 배롱나무! 자연을 사랑하고 자연에게서 배우고자 했던 선조들의 멋과 지혜가 엿보였다.

안내자의 해설에 의하면 인동향교는 고려의 마지막 왕 공양왕 2년에 창건했는데 임진왜란으로 소실된 것을 선조 때 복원하여 오늘에 이른다고 한다. 그동안 이만큼이라도 보존되어 왔으니 다행스럽다. 보이지 않는 곳에서 문화재를 보존하기 위해 노력을 아끼지 않는 분들이 고맙다. 보기에는 침묵에 덮인 빈집이지만 공자의 탄생일에는 형식을 갖추어 석존제를 거행한다고 한다.

디귿자 형의 단층 기와집인데 가운데 훈장님이 좌정한 곳은 드높고, 반듯한 마당 양쪽으로 작은 방이 수없이 많다. 학동들이 거처했던 방이다. 약 두 명 정도나 숙식할 수 있는 크기이니 이곳에 입학하려면 부모의 형편이 어느 정도 살 만해야 가능할 것이었다. 마당 한쪽 모퉁이에 돌층계 몇 개가 놓이고 그 아래 뜰은 지대가 낮고 장독이 즐비했다. 취사장이었다고 한다.

우리 일행이 대문 밖으로 나서자 다시 동면에 들듯 육중한 태극 대문이 "삐거덕"하고 굳게 닫혔다.

3. 동락서원

하오 3시. 잔뜩 흐린 하늘에서 눈발이라도 내릴 듯 스산하다. 향교를 뒤로하고 잎 진 은행나무 길을 한참 달렸다. 낙동강이 스쳐 흐르는 산자락에 위치한 동락서원이다.

동락서원은 여헌 장현광 선생을 향사하기 위해 건립했으며 수많은 유학자들을 배출한 곳이다. 여헌 선생 역시 학문에만 전념하였으며 수많은 저서를 남겼는데 역학을 근거로 한 우주 철학서들이라고 한다. 그 무렵에 우주 철학서라니! 선생의 재주가 보통을 넘어 천재에 가까웠다. 재세 시에 350여 명의 문인을 배출하고 성리학에서 금기된 불교, 양명학, 노상 철학까지 수용한 창의적 사고의 소유자였다고 한다. 유학사에 빛난 업적을 남기고 84세에 눈을 감았다.

서원의 높직한 대문에 '존도문(尊道門)'이란 현판 글씨가 힘차고 당차게 마주쳐 왔다. 서원 경내 답사는 시간이 늦어 그만두고 대문 앞에서나마 옛 서원의 모습을 상상해 보았다. 향교가 어려움 없이 편한 곳이라면 서원은 양반의 자식들이나 다닐 수 있는 특별한 교육 기관이었다.

일행을 따라 여헌 선생이 직접 심었다는 은행나무를 구경하고 서원 뒤쪽에 있는 야트막한 산언덕에 올랐다. 수북이 떨어진 갈잎이 발등을 덮고 나뭇가지 사이로 낙동강이 유유히 흐르고 있었다. 입신양명의 꿈을 꾸며 지치도록 뒤적였을 서책을 놓고, 잠시 몸과 마음을 쉬게 한 강물이다. 그러나 입신양명의 출발점인 과거 급제가 누구에게나 쉬운 일이었겠는가. 이즘 젊은이들의 대학 입학같이 재수, 삼수하는 선비들이 없었겠는가. 해도 해도 안 되면 스스로 강물로 떨어져 죽기까지 했단다.

늦가을 산언덕에 오직 좁은 한길만을 고집하던 선비들의 딱하고도 고아한 모습이 연민과 함께 조용히 눈에 차 온다.

(2010.)

마의 태자의 꿈

　강원도 인제군으로 향했다. 전국적으로 비가 올 것이라는 일기예
보와 상관없이 박물관 문화답사는 계획대로 진행되었다. 오히려 비
가 오면 운치가 있지 않겠냐며 우리 일행은 즐겁게 버스에 올랐다.
"인제 가면 언제 오나."의 말이 나올 정도로 인제는 첩첩산중이다.
산과 고갯길이 지루할 정도로 이어졌다. 버스 안에서 지도 강사가
인제의 곳곳을 소개하는데 마의 태자(麻衣太子)와 관련된 지명이 한
두 군데가 아니었다.

　마의 태자는 신라의 마지막 왕, 경순왕의 제1왕자다. 어린 시절에
본 만화의 한 장면이 떠올랐다. 마의 태자가 허술한 차림에 삿갓을
쓰고 지팡이를 짚은 채 금강산을 향해 떠나는 모습이다. 매달리던
낙랑 공주(왕건의 딸)를 한사코 뿌리치고 돌아서던 태자가 불쌍하여
눈물을 훔쳤던 기억도 난다. 그 후 태자는 금강산에 들어가 마의(麻
衣)를 걸치고 초근목피로 조용히 생을 마쳤다고 만화는 끝을 맺었다.

천년 사직을 너무 쉽게 왕건에게 내어 준 경순왕! ≪삼국유사≫에 나오는 신라의 마지막이 몹시 서운하게 여겨지던 터였다. 그런데 마의 태자가 이번 답사지인 인제 지역을 거점으로 군사를 기르는 등 신라 재건을 꿈꾸었다는 것이 아닌가. 지금도 인제의 여러 곳에는 마의 태자에 대한 전설이 남아 있다고 한다. 마의 태자가 옥쇄를 숨겼다는 '옥쇄바위', 수레를 타고 넘었다는 '수거너머', 군량미를 저장하던 곳이라는 '군량리', 태자를 보필했던 맹장군의 이름을 따서 붙여진 '맹개골', 고구려 말로 국권 회복, 광복이라는 뜻으로 마의 태자가 살았다는 전설을 뒷받침하는 '다무리' 등이다.

인제에 도착하니 기어이 비가 내렸다. 우산을 쓰고 군사 작전지역에 자리한 김부대왕각(金富大王閣)을 향했다. 지금은 폐동(廢洞)이 된 김부리(金富里)에 대대로 이어 오는 오래된 재실(齋室)이며, 김부는 바로 마의 태자의 이름이다. 해마다 봄과 가을, 2회에 걸쳐 동제(洞祭)를 지내 오다가 1983년 9월부터 2차 동제는 후손 부안 김씨와 용천 김씨 문중에서 주관한다고 한다. 둥근 자물통으로 잠긴 문틀을 밀고, 벌어진 틈새로 방 안을 들여다보았다. 어두컴컴한 방, 벽 한 면을 차지한 흰옷을 입은 김부 대왕의 초상이 커다랗게 시야에 들어왔다. 늠름하고 젊고 잘생긴 모습이다.

대체적으로 민간 신앙에서는 억울하게 살다 간 한이 많은 인물을 골라 신령으로 모시고 있다. 고통, 억울함, 슬픔 등을 당했기에 민간의 속내를 더 잘 알고 그래서 영험하리라고 여기기 때문이다. 김부리에서 마의 태자도 신령으로 받들어지고 있었다.

　비가 그치지 않아서 한계산성은 오르지 못하고, 한계령의 길목에서 산성에 대한 해설만 들었다. 한계산성은 비석 명문에는 고려 시대에 축조한 것으로 새겨져 있으나, 전설로는 신라 경순왕 때 축조된 것을 마의 태자가 수축하고 군사를 훈련시켰다고 전해 온다. 산성이 위치한 한계산은 준령이 많고 험하여 요충지 역할을 할만 했다.

　빗물에 발등을 적시며 산기슭에 위치한 갑둔리 5층 석탑을 찾았다. 잡초와 잡목들에 둘러싸인 탑은 비에 젖고 파손 상태가 심해 볼품이 없었다. 하지만 탑의 상층 기단에 있는 발원문과 '태평 십육년 병자(太平十六年丙子)'라는 연대가 새겨져 있어서 고려 시대 석탑과 불교사 연구에 중요한 자료가 되고 있다. 발원문 안에 들어 있는 김부수명장존(金富壽命長存)이라는 구절로 인해 김부탑(金富塔)으로 불리며 일찍이 마의 태자를 추종하는 사람들이 세운 것으로 알려지고 있다. 그런데 지도 강사가 한 가지 의문점을 제시했다. 따져 보면 탑의 건립 시기가 태자의 나이 121세가 되는 해이니, 탑의 주인은 경순왕이거나 같은 이름을 가진 제3의 인물일 수도 있다는 것이다. 사실이 그럴지라도 나는 태자를 위한 탑이었으면 싶었다. 그만큼으로 강사의 해설을 귓등으로 흘리며 천천히 탑 주위를 돌아보았다. 탑 뒤편 언덕배기에는 솔밭이 무성하고 그 산비탈 외진 곳에 서러운 역사의 한 자락이 스쳐 지나갔다.

　몇 해 전, KBS에서 대하드라마 ≪천추 태후≫를 방영했다. 고려 시대를 배경으로 목종의 어머니였던 천추 태후의 일대기를 그려 낸 작품이다. 역사 왜곡이 많다는 평을 받았지만, 최종회에서 잠시 마의 태자의 후손이 금나라를 세운다는 장면을 접했을 때, 나는 진실 여부를 떠나 기뻤다.

다시 그 내막이 궁금하여 인터넷을 열어 보니 금나라의 시조에 대한 역사서의 기록이 자세히 나와 있다. 몇 가지 간추려 소개하자면 〈송막기문〉(금나라의 견문록)은 "금나라가 건국되기 이전 여진족이 부족의 형태일 때 그 추장은 신라인이었다."로 되어 있고, 또 〈금사〉(금나라의 역사)에는 "신라왕의 성을 따라 국호를 금이라 한다."라는 부분이 있다. 이 기록에 의한다면 신라 부흥을 향한 마의 태자의 꿈이 금나라로 이어진 것으로 추정할 수가 있는 것이다. 망국의 태자에 대한 내 애석한 마음을 잠재우기 위해서라도 이 기록들을 믿고 싶다.

(2009.)

봉안원(奉安苑)

길이 산자락으로 접어들자 택시 기사가 더 이상 못 오르겠다고 한다. 인적이 없는 오르막길이 수북이 눈에 덮였으니 운전하기가 어려운가 보다. 40여 분 뒤에 다시 와 달라고 부탁한 후 눈길을 오른다.

발목을 덮는 눈이 차갑고 바짓자락에 달라붙는다. 양말이 젖을 것 같다. 서울에는 아직 눈다운 눈이 내리지 않았는데 전북 태인면 칠석리, 이곳은 눈 세상이다.

익숙한 길목이라 두려움 없이 발로 눈을 헤치며 차도에서 100여 미터 떨어져 있는 봉안원으로 향한다. 봉안원은 정(鄭)씨 일가의 묘원으로 작년 늦가을, 낙엽과 함께 떠난 남편이 잠들어 있는 곳이다. 2살 때 생모를 잃었던 그가 이젠 어머니의 발치에 누워 있으니 그나마 다행이다.

묘원 입구에 이르자 까치가 우짖고 고즈넉한 산자락에 활기가 돈다. 마치 남편이 어서 오라고 반기는 것 같다. 요양병원으로 옮긴

첫날, 뜬눈으로 밤을 보내고 아침 일찍 찾아갔을 때 만면에 웃음을 띠고 반가워하던 그 모습이 아프게 다가온다. 될수록 요양병원으로 옮기지 않으려고 했는데….

조심조심 키 작은 나뭇가지를 붙잡고 남편의 묘 앞에 서자 까치들도 날아가고 사위가 고요뿐이다. 남편께 술 한 잔 따라 올린다. 할 말이 많다. 그동안에 있었던 일을 보고하듯 지껄인다. 막내가 회사에서 성과금을 받았다는, 손녀의 기침 감기가 나았다는, 친구가 제 조카애와 큰아이를 엮었으면 한다는 얘기. 응답이 있을 리 없다. 제풀에 지쳐 보고를 그만두고 둘레를 걸어본다. 움푹움푹 내 발자국이 외롭게 따라온다.

50여 년 전, 오늘같이 온 세상이 눈밭이 되었을 때 그와 산책하던 일이 떠오른다. 하얀 산 밑을 돌고 논밭을 지나 마을에서 먼 바다 기슭에까지 다녀온, 반나절이 훨씬 넘은 산책이었다. 깊은 겨울, 시골길은 인적이 없어 우린 멋대로 노래도 하고 웃어대기도 하며 제 세상인 양 즐거워했다. 그런 중에 한 아주머니의 눈에 띄었던지 시가의 작은어머니께 "자네 조카 내외는 한참 좋은 때"라고 했단 말을 들었다. 그런데 언제 그랬느냐는 듯 그는 차디찬 눈 속에 묻혀 있으니 사는 게 하룻밤 꿈같다는 말이 실감난다.

살면서 미운 적도 적지 않았지만 그때가 그립다. 티격태격 싸우기도 여러 번, 나는 은근히 헤어지기를 원했던 적도 한두 번이 아니었다. 젊을 적 우리는 서로의 아집으로 행복을 많이 놓쳐 버린 것 같다.

그러나 노년기의 우리 사이는 그런대로 원만했다. 그는 10여 년 지병을 잘 버텼고, 그동안 고생했다며 나를 여간 따뜻하게 대해 준 게 아니었다. 요즘 같은 겨울이면, 퇴근길에 군고구마를 점퍼 속에 넣어 가지고 와서 따뜻한 채로 내놓곤 했다.

내 귀에 남은 마지막 말은 "집에 가. 나도 집에 가!"이다. 그 말이 지금도 들리는 것 같다. 타계하기 전 토요일, 간병인에게 부탁하고 병실을 나오던 내 뒤에서 그가 소리를 질렀다. 호흡기를 끼고, 있는 힘을 다해 소리를 지른 것이다. 다가가 사정을 말했다. 병원에서 퇴원하면 위험하다고, 폐렴을 이겨 낼 때까지 참아야 한다고. 그는 더 고집 피우지 않았다. 이제 생각하니 그 일도 마음에 걸린다.

다음 날 아침, 별 이야기를 들려주었다. 전날 밤 창 너머 하늘에 큰 별 하나가 구름에 가렸다가 다시 비켜나 반짝이던 이야기다. 그때 남편은 웃는 표정을 지었다. 그 웃음이 마지막일 줄이야.

그 다음 날 새벽녘, 위급하다는 연락을 받고 가 보니 그는 이미 호흡이 안 되고 맥만 가늘게 움직이고 있었다. 갑자기 생긴 역류 현상으로 호흡이 멈춘 상태라고 했다. 죽음을 앞두고 가족들을 얼마나 찾았을까. 그럴 줄 알았다면 곁에서 손이라도 잡고 있을 것을, 씻지 못할 잘못을 저질렀다.

눈발이 더 내리려는지 햇살이 흐려진다. 오는 한식 때는 분꽃씨라도 묘원 둘레에 뿌려야겠다. 작약이나 모란을 심을까 했는데 묘소에는 심지 않는다고 한다. 그는 병석에 누워 고향집 장독대 곁, 작약과 모란꽃 얘기를 가끔씩 했다. 그래서 묘소 둘레에 모란이 아니면 작약이라도 심어놓겠다고 했더니 그의 눈시울이 젖어들던 생각이 난다.

한기가 심하게 달려든다. 이승과 저승으로 갈라진 우리, 나는 이만 돌아가야 한다. 삶과 죽음이 이렇게도 다른 것일까. 다하지 못한 말들은 가슴에 다시 묻고 돌아서는데 봉분은 수북이 눈에 덮여 있을 뿐 깊은 침묵뿐이다.

"하느님, 부디 남편 요한의 영혼을 평화와 안식으로 인도하소서!"

묘원을 떠나 길을 내려간다. 낌새를 안 까치 한 마리가 서운한 듯, 크게 우짖는다. 아아, 이승과 저승을 잇는 오작교가 있다면 얼마나 좋을까.

(2016.)

비바 파파

프란치스코 교황님을 뵌 일은 내 일생의 자랑거리요 영광이다.

교황님 방한 3일째인 2014년 5월 16일 10시, 광화문 광장에서 시복식 미사가 시작되고 있었다.

그때 나는 림바니아 자매 일행과 같이 버스를 타고 '꽃동네'로 향했다. 꽃동네 회원의 자격으로 오후에 꽃동네를 방문하시는 교황님을 영접하기 위해서다. 버스에 부착된 TV 화면에 시복 미사의 광경이 선명하게 비춰졌다. 제대 위 벽면 양쪽에 시복되는 124분의 모습이 그려진 초상화가 걸리고, 검소하게 차려진 제대를 중심하여 100만여 명의 인파들이 뙤약볕 아래에서 엄숙히 시복식에 참여한 광경은 경건하면서도 눈물겨웠다. 윤지충 바오로 외 123위의 순교자들은 신해박해(1791)부터 병인박해(1866)까지 순교한 초기 신자들이라고 한다. 이제 교황님으로부터 복자로 추대되었으니 저 천국에서 편안히 웃고 계시리라.

시복식이 거의 끝나갈 무렵 꽃동네에 도착했다. 인근 나무 그늘에서 간단히 점심을 먹고, 입구에서 검색을 마친 다음 생활관 앞 차일 밑에 앉아 담소도 하고 묵주 기도를 하노라니 소풍 온 기분이었다. 서너 시간이 흘렀다. 4시 10분쯤 교황님이 타신 카키색 헬기가 눈앞에 나타났다. 아! 인근에서 교황님을 뵐 수 있다니, 우리는 기쁨에 겨워 누가 먼저라고 할 것 없이 태극기와 바티칸기를 흔들며 "비바 파파, 그리스도 파파"를 외쳤다.

교황님은 헬기에서 내려 근처에 있는 희망의 집을 먼저 방문하셨다. 우리는 사랑의 연수원에서 성직자들을 만나기 위해 지나가실, 그 길목에서 대기하며 TV로 중개되는 교황님의 모습을 뵈었다. 교황님은 오웅진 신부님의 안내를 받으며 희망의 집 가족들을 일일이 면담하셨다. 장애 아동들, 노인 환자들, 입양을 기다리는 영아들을 두루 축복하시는 모습이 꼭 예수님을 뵙는 것 같았다.

장애 아동들이 교황님 앞에서 노래와 율동을 했다. 교황님은 의자에 앉지도 않고 아이들 앞에 서서 지켜보신 후, 어린아이같이 두 손을 머리 위로 올려 하트모양을 만드시며 활짝 웃으셨다. 수녀님이 안은 영아에게는 엄지손을 입에 넣어 엄마의 젖을 대신해 주었다. 공연 뒤에 하반신을 못 쓰는 박 베로니카 씨가 교황님의 얼굴을 자수한 액자를 선물로 드렸고 김인자 씨가 발로 접은 종이학과 종이 거북을 드렸을 때는 가슴이 뭉클하신 듯 미소를 거두셨다. 다시 교황님은 걸음을 옮기고 희망의 집 안에 즐거운 웃음소리가 가득히 피어올랐다.

이어 교황님은 태아 동산에 들르신 후, 수도자들이 기다리는 사랑의 연수원을 향해 무개차를 타고 우리가 있는 곳으로 올라오셨다. 쨍쨍 내리쬐던 햇빛도 어느 틈에 산 너머로 숨고 잔바람에 나뭇잎이 살랑거리는 저녁 시간이었다. 우리는 길 양쪽에 나뉘어 서서 태극기와 바티칸 깃발을 흔들며 "비바 파파"를 목청껏 외쳤다. 드디어 아아! 교황님의 흰 옷자락이 보이기 시작했다. 순간 앞 사람의 어깨 사이로 미소 짓는 교황님의 얼굴이 내 옆으로 지나갔다. 약 2, 3초 정도지만 나는 교황님의 미소를 또렷이 보았다. 1시간여 뒤, 연수원에서 성직자들과의 만남을 마치시고 영성원을 향해 다시 가실 때 한 번 더 교황님을 뵐 수 있었다. 입이 귀 밑까지 닿게 활짝 웃으시는 얼굴 모습을. 지금도 꿈만 같다.

18일은 교황님께서 떠나시는 날이다. 오전에 명동성당에서 민족의 화해와 일치를 위한 미사가 있었다. 세계에서 단 하나 분단국인 우리나라를 위해 교황님께서 집전하시는 대 미사다. 교황님의 방한 로고처럼 남과 북이 파도처럼 일어나 세상을 비춘다면 얼마나 좋을 것인가.

아침부터 흐리더니 미사가 시작되기에 앞서 비가 내렸다. 명동은 우리 집에서 멀지 않기에 그냥 TV만 시청하고 있을 수 없었다. 성당 길목에서 교황님이 타신 쏘울(조그만 차)이나 봐야겠다고 우비를 들고 나섰다. 성당으로 오르는 길 양쪽에는 벌써 신자들이 가득 모여 있어 발 디딜 틈이 없었다. 빌딩에 걸린 야외전광판에서 미사 광경을 비춰 주고 있었다. 미사를 위해 제단에 오르기 전 교황님은 앞줄에 앉아 있는 위안부 할머니들을 일일이 허리를 굽혀 위로했다. 한 할머니가 나비 브로치를 교황님께 드렸다. 교황님을 뵙고 원망과 한의 굴레를 벗어나 나비처럼 훨훨 날 수 있게 되었다는 의미일까. 아니면 그런 나비가 되게 해 달라고 청하는 뜻일까. 교황님은 즉석에서 그 브로치를 가슴에 달고 제단에 오르셨다. 할머니들에게 보낸 무언의 위로였으리라.

미사에서의 복음 말씀은 마태오 18장 21절부터 22절이었다. 베드로가 주님께 "제 형제가 저에게 죄를 지으면 몇 번이나 용서해 주어야 합니까? 일곱 번까지 해야 합니까?" 하자 예수님께서는 "일곱 번이 아니라 일흔일곱 번까지라도 용서해 주어야 한다."고 대답하셨다. 남북으로 갈라진 우리나라, 어지러운 우리 사회에 실로 단비 같은 복음 말씀이다. 용서야말로 미움도 원망도 지워 버릴 수 있는 첨단의 길! 남북이 또 너와 내가 화해와 일치를 이루어 평화를 누릴 수 있는 지름길인 것을….

미사가 끝나고 퇴장 성가는 〈우리의 소원은 통일〉 노래로 대신했다. 언제나 그날이 올지, 통일은 우리가 풀어야 할 숙제가 아닌가. 우리는 빗속에서 절절한 마음으로 목청껏 노래를 불렀다.

조금 후에 교황님을 태운 쏘울이 성당 언덕을 서서히 내려왔다. 그 길로 성남 서울공항으로 가서서 대한항공편으로 출국하신다고 한다. 날씨는 여전히 흐리지만 비행기가 이륙하기에는 지장이 없다니 다행스러웠다. 나는 영상으로나마 교황님을 또 뵙고 싶어 바삐 집에 돌아와 TV를 켰다. 그러나 이미 교황님은 보이지 않고 항공기가 날개를 치켜들고 막 떠오르고 있었다. 곧 그마저 보이지 않고 화면에 빈 하늘만 가득 비쳐졌다. 아예 우리나라를 떠나신 것이다. 가슴속이 더워지고. 눈물이 핑 돌았다. 언제 다시 뵐 수 있을까. 로마 바티칸에 가면 뵈려나. "비바 파파!"

점심 후에 광화문 광장을 찾았다. 이미 제단과 방호벽은 깨끗이 치워지고 잔디와 들꽃들은 언제 그 많은 인파가 지나갔었느냐는 듯한 곳도 흩어짐을 찾을 수 없었다. 다만 깃대에 꽂힌 교황님의 로고가 며칠 전의 그 장엄했던 행사를 알려 줄 뿐이다. 광장을 돌아 나와 특별전을 보기 위해 고궁박물관을 찾았다. 교황님의 방한 선물로 열린 특별전이다. 이탈리아까지 가지 않고도 귀한 작품들을 관람할 수 있으니 얼마나 고마운가. 피렌체 두오모 성당의 박물관이 소장하고 있는 르네상스 시대의 조각, 부조, 성물들과 바티칸미술관이 소장하고 있는 성화, 그리고 피렌체의 산 조반니 세례당 입구에 있는 청동으로 된 〈천국의 문〉까지 옮겨와 전시되고 있다. 〈천국의 문〉은 1996년 피렌체의 대홍수 때 피해를 입어 오랜 복원 과정을 거쳤으며 당시 추가로 만들어진 두 세트 중 한 세트가 우리나라에 온 것이다.

〈천국의 문〉에는 주요한 구약성서 이야기가 새겨져 있는데 당대의 미켈란젤로가 천국의 문으로도 손색이 없다고 찬사했으며 세례당 입

구에 있다는 점으로 〈천국의 문〉으로 불리어졌다고 한다. 생각해 보
면 세례를 받기 위해 들어가는 문이니 천국의 문이라고 할 수 있으리
라.

원래 〈천국의 문〉은 공개 대상에서 제외되었으나 교황님께서 세월
호 사태를 들으시고 〈천국의 문〉도 공개하도록 당부하셨다고 한다.
우리들에게 평화와 위안을 주시려는 따스한 배려이시리라. 짝통 예
수, 빈자의 대부, 참 어른 등이 교황님의 별칭이다. 청빈, 겸손, 온화,
위트, 위로의 능력을 고루 갖춘 프란치스코 교황님. 이 나라에 머무
시는 동안 우리는 종교와 이념을 뛰어넘어 행복했다. 한민족이면서
도 분단되어 서로 경계 태세를 늦추지 못하는 나라, 사철 작고 큰
데모가 끊이지 않는 나라, 세월호의 참사가 큰 상처로 남아 있는 이
땅에 한여름 소나기같이 오신 베드로의 후계자 우리 교황님. 한 번
더 뵙고 싶다.

"교황님! 로고에 담긴 '일어나 비추어라'의 말씀 잊지 않겠습니다."

관람을 마치고 박물관 밖으로 나오자 교황님 떠나신 하늘에 동그
만 달이 환하게 떠올라 있다. 교황님의 미소처럼.

(2014.)

사랑하십시오

2009년 2월 16일, 아침 뉴스에 김수환 스테파노 추기경님의 선종 소식이 전해 왔다. 강남성모병원에서 두 달여 병석에 계시다가 영면 하셨다고 한다. 연세는 대강 짐작하고 있었으나 선종이 이리 빠를 줄 이야. 그냥 잘 계시겠지 하며 내 일상에만 쫓기었으니 죄송하기 이를 데 없다. 우리에게 "고맙습니다. 사랑하십시오."라는 말씀을 남기셨 다는 보도에 그만 눈시울이 붉어졌다.

이 시대의 빛과 희망, 평화의 사도였다면 부족하지 않은 표현일까. 종교계의 대표 어른이자 가난하고 힘없는 이들의 대변자로 우리의 방패막이 역할을 하신 것을 누구나 잘 안다. 뿐 아니라 각막을 기증하 여 두 사람에게 광명을 찾게 하고, 예금통장은 마이너스가 되도록 아 낌없이 내놓았으니 지금도 물질에 연연해하는 내가 딱할 따름이다.

그분은 소탈한 성품에 위트와 유머도 풍부하시어 이웃집 아저씨 같기도 했다. 신자들과 어울려 대중가요를 열창하시던 모습이 눈에 선하다. 〈바보야〉라고 제목을 붙인 자화상은 그분의 겸손한 성품을 드러내고도 남는다. 나는 마흔을 지나 뒤늦게 천주교에 입교했지만 추기경님을 목자로 모실 수 있었으니 참으로 축복이다.

언젠가 우연히 명동성당 경내에서 추기경님과 맞닥뜨린 일이 있었다. 성물 가게에 들렀다가 층계를 내려가는데 뜻밖에 그곳으로 추기경님이 제의 차림으로 올라오고 계셨다. 좁은 층계라서 한쪽에 비켜 서 있는 내게 "안녕하시오?" 하고 인사말을 건네셨다. 층계에서 갑자기 뵙고 어려워하는 나를 편안하게 하던 그 말씀을 두고두고 잊지 못할 것이다.

광복절 8월 15일은 천주교회의 성모승천 대축일이기도 하다. 어느 해 축일, 명동성당 낮 미사에 이탈리아의 성악가들이 성(聖)음악을 봉헌했다. 성악가들은 그 기간에 세종문화회관에서 음악회를 열고 있는 중이었다. 그들이 미사를 보기 위해 성당을 찾았거나 아니면 특별히 초대받았는지는 모르겠다. 그날 제대를 향해 내 신심이 진솔하게 가슴 가득 피어오르던 기억을 잊어버릴 수 없다. 성가 덕분이다. 1시간여 꿈속 같던 미사가 끝이 나자 추기경님께서 우리를 위해 유창한 영어로 곡을 더 청하였다. 그러자 그들은 하나같이 얼굴에 미소를 머금더니 고맙게도 〈아베마리아〉〈아베베룸〉〈글로리아〉 등 서너 곡을 더 불러 주었다. 추기경님과의 아름다운 대축일 미사였다.

명동성당에 조문 행렬이 이어졌다. 감기를 앓던 중이지만 나도 줄을 섰다. 꽃샘추위가 며칠간 기승을 부려서 돌아서던 겨울이 다시 찾아오나 싶었다. 조문 행렬은 충무로 2가 끝에서 이미 두 줄이 되어 명동 지하철 출구를 지나 세종호텔 정문을 지나고 있었다. 혹시 상가나 행인들에게 방해가 될까 봐 조심스러웠으나 줄 끝을 찾았다.

가신 분의 말씀대로 우린 서로를 의지하며 도왔다. 따끈한 커피도 나누어 마시고, 장갑도 나누어 끼고 어린아이를 데려온 분에게는 자리도 양보하였다. 앞에 서 있던 자매님이 내게 털목도리를 벗어 주었다. 마침 두터운 검은 옷이 없어서 얇게 입었더니 몹시 추워 보인 모양이었다. 나는 고맙게 받아서 뒤쪽, 치마를 입은 학생에게 두르도록 권했다. 왜 그날따라 그리 선한 마음이 들었는지 모른다. 스스럼이 없어진 듯 그 학생이 추기경님과의 추억담을 들려주었다. 어느 새해, 혜화동에 계시는 추기경님께 세배하러 갔더니 세뱃돈을 주시더란 것이다. 그분께는 우리가 형제자매요, 손자 손녀였다. 세뱃돈을 그 학생에게만 주었겠는가. 찾아온 신자들, 고아원, 소년소녀 가장들…. 그래서 당신 예금통장은 늘 마이너스였으리라.

너무 추웠다. 발가락이 얼얼하고 손가락이 감각조차 없었다. 그래도 여러 형제자매들이 있기에 버틸 만했다. 3시간 10분쯤 걸려 성당 마당에 이르렀다. 봉사자들이 나누어 준 검은 리본을 가슴에 달고 성당 안으로 들어섰다. 주어진 시간은 1분 정도, 뒷사람들을 위해 손 모아 반절만 하고 물러나왔다. 몇 해 전만 해도 의연히 제대 중앙에 서계시더니 그 자리에 말없이 누워 계시는 추기경님! 새삼 안타까운 생과

사의 다름이여. 우리에게 부활이 없다면 얼마나 슬픈 일이겠는가.

2월 20일, 추기경님과 하직하는 날이다. 새벽부터 진눈개비가 내리더니 산야를 곱게 덮었다. 아침 일찍 추기경님을 배웅하기 위해 텔레비전 앞에 앉았다. 서른세 번의 삼종 소리와 함께 명동성당을 나온 운구 행렬은 서울을 뒤로하고 천주교 성직자 묘지가 있는 경기도 용인을 향하였다. 그리고 잠시 후 〈나는 부활이요 생명이니〉의 성가가 흐르는 가운데 관이 내려지고 우리의 크신 목자는 영원한 잠자리에 드셨다. 유언대로 묵주 하나만을 손에 쥔 채. 어둑한 하늘 아래 보슬보슬한 흙가루가 관 위에 뿌려지기 시작했다. "추기경님, 사랑 잊지 않겠습니다. 떠나셨지만 우리는 보내지 않았습니다." 묘지 뒤쪽에 걸린 현수막의 문구를 조용히 뇌이다 나도 모르게 눈물이 났다. 주님, 비오니 저희의 목자 추기경님의 영혼을 평화와 안식으로 받아들이소서.

12월이 되면 하루하루 기다려지는 성탄절이다. 구세군의 맑은 종소리가 들려오고, 오고가는 곳마다 크리스마스트리의 불빛이 찬란하게 빛난다. 그 불빛 속에 인자하신 추기경님의 모습이 떠오른다. "기쁘게 살고 싶은가요? 그러면 사랑하십시오." 남기신 어록 한 부분이다. 뵙고 싶다.

이제 그분은 아기 예수님과 함께 해마다 빛으로 부활해 오실 것이다.

(2009.)

부여 능산리

KBS에서 백제의 제13대 근초고왕(641~660)의 일대기를 그린 사극 드라마를 방영했다. 토요일과 일요일, 저녁 9시 40분부터 1시간 동안 펼쳐졌던 드라마는 금주에 장장 60회로 막이 내렸다. 이문열의 역사 소설 <대륙의 한>을 바탕으로 제작한 이 사극은 오랜만에 승자로서의 백제를 그려낸 점이 특이했다. 드라마가 작가의 철저한 역사의 고증에서 비롯됨을 믿기에 처음부터 매우 흥미롭게 시청했다.

삼국(三國) 중 한반도의 가장 기름진 땅에 터를 잡고 뛰어난 문화와 든든한 국력을 지녔던 백제였다. 그런데 서기 660년 7월, 31대 왕을 끝으로 나당 연합군에게 무너지다니. 당나라까지 합세한 원인이었을까. 신라의 삼한 통일은 장한 일이었으나 한편 애잔한 것은 백제의 멸망이다. 안타까운 망국의 한이 서린 유적을 찾는다면 '부여'의 부소산 정상에 있는 낙화암과 그 밑을 돌아가는 백마강이리라. 지금도 흐느끼듯 흘러가는 강물과 그곳에서 아스라이 바라보이는 낙화암에 어린 설화는 찾는 이의 가슴을 뭉클하게 한다.

일국의 흥망성쇠는 하늘의 뜻이런가. 백제에도 어찌 신라의 김유신 같은 장군이 없었으랴. 그러나 누구에게도 뒤지지 않은 백제의 장수 계백의 용맹과 지략도 어쩔 수 없었으니…. 풍전등화의 조국을 위해 황산벌에서 5천의 결사대를 이끌고 신라의 5만 대군을 상대하여 싸우다 쓰러진 계백 장군이었다. 그는 출정에 앞서 국운이 심상치 않음을 직감하고 가족들을 죽이고 자신도 죽기로써 싸웠으니 그 애국 충정과 담력은 만고에 빛나고 있다.

백제의 마지막 왕, 의자왕의 말로도 애석하고 한스럽다. 망국에 있어서 패주만큼 비참한 운명은 없으리라. 나당 연합군에 의해 사비성이 포위되자 의자왕은 우선 웅진 공산성으로 피신하였다. 그러나 계백 장군의 결사대가 패하고 사비성에서 왕자인 부여융이 더 버티지 못하자, 의자왕도 공산성에서 나와 항복을 하고 말았다. 결국 패주는 당상에 앉은 무열왕과 당의 소정방에게 무릎을 꿇고 술을 올리는 치욕적인 예를 행하고 부여융과 함께 백제인 1만 2천여 명을 데리고 당나라로 끌려갔다. 끌려간 의자왕은 죽어 그곳 뤄양(낙양) 북망산에 묻히게 되었고 부여융도 뒤에 그곳에 묻혀야 했으니 아아, 백제여. 이로써 백제의 왕조는 끝나고 만 것이다.

이번에 방영된 근초고왕의 일대기로 백제의 한(恨)이 조금이나마 풀렸으면 하는 바람이다. 승자의 그늘에 가려 그 흔적조차 희미한 백제의 역사가 드라마로나마 강인한 한때가 있었음을 알려 주니 그나마 위안이 되었다.

근초고왕 시대는 백제가 가장 전성기를 누린 시절로 근초고왕은 고구려의 광개토 대왕에 못지않은 걸출한 정복 군주였다. 삼한의 통일을 이룩하여 전쟁이 없는 백성들의 나라를 건설하려는 꿈을 신라의 삼국 통일에 앞서 가지고 있었던 영웅이었다. 북방의 강자였던 고구려의 평양성을 공격하여 승리를 거두고 요서 지방에 한반도의 두 배나 되는 땅을 차지하여 백제군을 설치했다. 또 남쪽으로는 신라를 지배하고 마한의 군소 왕국을 통일하여 한반도의 중앙에 백제의 깃발이 펄럭이게 하였다. 뿐이 아니다. 일본 열도에 최초로 한학과 문물을 전하였으며 고흥으로 하여금 백제 역사서를 만들게 하는 등 강인하면서도 우수한 문화를 가진 대제국 백제를 건설하였던 것이다.

드라마에서 소설 〈대륙의 한〉 서문이 소개되었다. 근초고왕의 위대함에 박수를 치며 소개해 본다.

내 역사의 영광이었다. 동으로 신라와 화친하여 위협을 없애고 남으로 준동하는 왜구를 내몰았다. 북방의 강자 고구려를 제압했으며 멀리 서해 건너 요서를 경략했다. 하지만 나는 또한 알고 있다. 높고 더러는 한편에서 돕고 혹은 낮으며 더러는 대적해 싸웠지만 그 영광에는 똑같은 몫을 요구할 수 있는 수많은 사람들이 있다는 것을.

근초고왕은 백성들을 사랑할 뿐만 아니라 의리를 지키고 죄지은 자를 품을 줄 아는 넉넉한 인간미까지 겸비하고 있었다. 따르는 자가 목숨을 걸고 충성을 하는 데는 주인이 그만큼의 인격을 갖추고 있어야만 가능할 터, 근초고왕의 대업은 먼저 왕의 인간미가 선행되고 있었다.

드라마의 시청 후 백제에 대한 내 인식이 새로워졌다. 나는 지금까지 백제는 뛰어난 문화를 가졌으나 군사적으로는 가장 열세였으며 의자왕이 삼천이나 되는 궁녀를 거느리고 유흥을 일삼아 나라가 망했다고 알고 있었다. 대개가 그러하듯이 승자 중심으로 기록된 역사서의 내용을 믿었기 때문이다. 앞으로 우리가 역사의 진실을 알기 위해서는 더 적극적인 연구와 고증이 필요할 것같다. 그래서 왜곡되지 않은 역사의 진실을 후손들에게 전해 주어야 할 것이다.

몇 해 전 가을, 부여의 능산리 고분군에 다녀왔다. 억새꽃이 흐드러지게 피어 있는 골짜기를 지나 산자락에 오르니 덩그러니 두 가묘(假墓)가 시야에 들어왔다. 의자왕과 부여융의 영(靈)적 보금자리다. 2000년 가을에 부여군은 중국 뤄양시로부터 기증받은 부여융의 묘지석 복제품과 의자왕이 묻힌 것으로 추정되는 뤄양시 북망산에서 가져온 영토(靈土)를 안치하여 가묘를 만들었다. 부여군은 그 이전부터 중국 정부와 연락하며 의자왕의 무덤을 찾으려고 노력하였으나 이미 그곳이 개발로 인해 훼손되어 무덤을 찾을 수 없었다고 한다.

그런데 1천3백여 년만에 가묘라도 갖게 된 것이다.

　며칠 후, 부소산에 오르려고 한다. 낙화암에 서서 천 년을 두고 흐르는 백마강의 물줄기를 바라보련다.

(2011.)

슬픈 궁예왕

역사를 돌아보면 흥망성쇠의 흐름 속에 한 시대를 풍미한 영웅호걸들이 적지 않다. 그들 중에는 새 나라를 세웠는가 하면 쉽게 그 영광을 잃기도 했다. 후삼국 시대의 궁예가 이에 속한다. 힘들여 나라를 세웠으나 오래 지속하지 못한 가엾은 영웅이다.

어렸을 때 본 만화 〈미륵 왕자〉가 생각난다. 미륵 왕자는 궁예를 말한다.

신라의 왕자로 태어난 궁예는 부왕으로부터 버림을 받는다. 나라에 큰 해를 입힐 것이라는 일관의 예언을 믿은 부왕이 왕자를 없애도록 한 것이다. 어느 날 왕자의 어머니 후궁이 아기 왕자를 안고 전각에서 바람을 쐬는데 칼을 든 무사가 들이닥친다. 무사는 곧 왕자를 빼앗아 칼을 내리치려 하는데 이를 보고 왕자가 방긋 웃는다. 하여 차마 칼을 쓰지 못한 무사는 왕자를 전각 밑 갈대밭으로 던져 버린다. 그곳에는 왕자의 유모가 숨어 상황을 몰래 지켜보고 있었다. 유모는 우거진 갈대 사이에서 왕자를 슬쩍 받는다. 그때 불행하게도 유모의 손가락에 왕자의 한쪽 눈이 찔리고 만다.

그 길로 유모는 산 속 깊은 곳에 들어가 숨어 살며 왕자를 키운다. 왕자는 건강하게 자라서 무술을 좋아하고 특히 활을 잘 쏘아 '궁예'라고 불리게 된다. 그러던 어느 날이다. 소년 궁예가 이웃 아주머니가 이고 오는 물동이를 화살로 쏘아 구멍을 뚫는다. 물이 줄줄 새자 다시 궁예가 화살촉에 진흙을 묻혀 쏘아 구멍을 막는다. 사태는 마무리 되었으나 놀란 아주머니는 잔뜩 화가 나서 "흥, 애비 없는 자식이라 어쩔 수 없지." 한다. 이 말을 듣고 궁예는 유모에게 달려가 자신은 왜 아버지가 없느냐고 묻는다. 유모는 비로소 출생의 비밀을 알려 준다.

궁예가 열대여섯 살이 되자 집을 떠나 사찰에 입문하여 불경을 배우고 무술을 연마한다. 세월이 흘러 청년이 된 궁예는 사찰을 뒤로하고 세상으로 나온다. 그리고 그를 따르는 부하들과 힘을 합하여 나중에는 새 나라를 세우게 된다. 이로써 만화는 끝이 난다.

궁예의 이야기는 ≪삼국사기≫ 후삼국 편에 자세하게 기록되어 있다. 초기의 그는 용맹스럽고 부하들에게 공정하여 백성들이 따랐다. 그의 세력이 철원을 중심으로 강원, 경기, 황해도의 대부분과 평안도, 충청도 일부까지 뻗쳤다. 마침내 왕위에 올라 국호를 '후고구려', '마진'으로 했다가 911년 철원을 도성으로 하고 '태봉국'을 선포하였다.

궁예의 초심은 훌륭했다. 나라를 세우는 목적을 어지러운 신라 말기를 평정하고 미륵이 지배하는 새로운 세상을 만들려고 하였다. 자비와 평등함으로 백성들에게 희망을 주고 살기 좋은 나라를 만들고자 했다

그러나 그의 왕국은 18년으로 오래 가지 못했다. 나라의 틀이 잡히자 그는 포악하고 난폭해지기 시작했다. 부하를 함부로 죽이고 의심하여 주위를 불안에 떨게 했다. 혹자는 왕권을 지키기 위해서라고 말하지만 아내와 아들까지 죽였다니 제 정신이 아니었던가 보다. 안타까운 궁예왕이다. 초심을 지켰더라면 태봉국은 번성하고 명망 높은 태조로 역사에 남았을 것을.

≪삼국사기≫는 그의 죽음을 비참하게 전하고 있다. 왕건에게 쫓기어 산에 숨어 있다가 배가 고파 변장을 하고 마을로 내려왔는데 그만 백성들이 알아채고 때려 죽였다고. 정말 백성들이 그러하였을까. 역사의 기록은 승자의 편이라던데…. 이즈음 어느 학자는 철원의 지명과 전설을 감안하면 백성들에게 맞아 죽었다는 것은 왜곡이라고 주장한다. 왕건에게 쫓기다가 명성산에서 마지막 힘을 다해 맞섰으나 패하고, 다시 쫓기다가 왕건의 군사들에게 죽임을 당했다는 것이다. 나는 후자 쪽을 받아들이고 싶다. 그가 애꾸눈이 된 원인을 생각하면 큰 잘못을 했더라도 일말의 동정심이 인다.

작년 11월, 철원의 한탄강과 명성산을 답사했다.

철원의 중심부를 흐르는 한탄강은 궁예가 왕건에 쫓기다가 강가에

이르러 자신의 신세를 한탄했다고 하여 붙여진 이름이다. 조선 때 임꺽정의 은둔처이기도 했던 강가는 절벽과 기암괴석이 울을 이루고 산은 단풍으로 물들어 절경이었다. 그 산언덕에 궁예의 가엾은 모습이 아득히 보이는 듯했다.

정오를 조금 지나 명성산(鳴聲山)에 도착했다. 울음산이라고도 하는 산은 포천과 경계를 이루고 있다. 가을 단풍과 억새의 군락으로 가을이면 관광객이 끊이지 않는 곳이다. 산이 울음산이라고 불리는 데는 그럴 만한 전설이 흐른다. 궁예가 왕건과의 일전에서 대패하고 마지막을 직감하며 산이 떠나가도록 통곡했다고 한다. 이때 곁에 있던 애마(愛馬)와 부하들이 따라 울고, 백성들도 함께 울어 대니 산도 큰 소리로 울었다 한다. 궁예의 한 맺힌 사연을 담은 산은 지금도 몇 군데 그 흔적을 지니고 오가는 발길을 붙잡는다. 도성 쪽을 바라보며 눈물을 흘렸다는 궁예봉, 왕건의 군사들이 올까 봐 망을 보았다는 망주봉, 몸을 숨겼던 동굴, 궁예가 숨을 거둔 곳으로 알려진 산정호수 근처 등이다.

언젠가 KBS에서 드라마 ≪궁예≫를 방영한 적이 있다. 그때의 마지막 장면이 떠오른다. 왕건의 군사들에게 포위당한 궁예가 자신의 목을 겨누고 있는 칼 앞에서 한 마디 뇌까린다. "허허, 인생이 찰나인 것을 왜 그리 욕심을 부렸던고!" 하며 영웅답게 최후를 맞는다.

(2017.)

선구자(先驅者)

산기슭에 서 있는 미인송(松)들을 뒤로하고 용정을 향했다. 또 오 겠다고 자신 없는 말을 남기며. 산이 멀찍이 물러나고 끝없이 푸른 들이 한참 이어졌다. 얼마쯤 달렸을까, 먼발치로 마을이 나타난다. 용정(龍井)이다.

백두산을 거쳐 오며 선구자들의 자취가 남아 있는 용정을 어찌 그 냥 지나칠 것인가. 용정은 일제 당시 많은 독립투사를 배출한 곳으로 시인 윤동주의 생가(生家)가 있고, 노래 〈선구자〉에 나오는 일송정과 해란강이 있는 곳이다. 흔히 〈선구자〉 노래는 선배들의 퇴임식장에 서 축가 겸 송가로 불리어지곤 했다. 나름대로 한평생 공직을 지키다 가 나이 들어 마지막 떠나는 자리에서 〈선구자〉 노래는 곡과 가사가 어울려 깊이 마음에 와 닿곤 했다. 또 남편의 퇴임식 때 듣던 이 노래 는 얼마나 가슴을 뭉클하게 했던가.

가이드가 차창 밖을 가리켰다. 들판을 건너 길게 누운 야트막한 산자락이 비암산이고, 그 정상에 나무 한 그루를 곁에 둔 아담한 정자가 일송정이다. 또 눈앞에 가로놓인, 우리가 지나는 다리가 용문교이며 그 밑으로 유유히 흐르는 강이 바로 해란강이다. 비록 차창으로 바라볼 수밖에 없었으나 나는 감회에 젖어 노래를 흥얼거렸다.

일송정 푸른 솔은 늙어 늙어 갔어도
한 줄기 해란강은 천 년 두고 흐른다.
지난날 강가에서 말 달리던 선구자
지금은 어느 곳에 거친 꿈이 깊었나

비암산의 소나무 밑에 밤이면 독립운동가들이 모여들었다 한다. 이를 안 일제가 그곳을 폭파해 버렸다. 후에 어느 독지가가 정자를 세웠으니 일송정이다. 그러나 곁에 심어 놓은 소나무는 폭파의 영향인지 뿌리를 내리지 못하는 것이었다. 지금의 소나무는 근래에 한국인들이 왕래하며 다시 심어 놓은 것이라고 한다. 부디 잘 살았으면 좋겠다.

용정의 젖줄인 해란강은 수량은 많지 않으나 긴 띠처럼 마을을 두르고 있었다. 그 시절 선구자들은 비암산에서 꼬박 밤을 새우고 아침이면 바라보는 곳이 해란강이었다고 한다. 강을 따라 눈길을 보내며 두고 온 조국 산천을 떠올렸으리라. 그리고 나라를 되찾을 생각에 다시 또 골몰했을 것이다. 내 나라, 내 땅에서 눈치코치 모르고 사는 우리가 그때의 나라 잃은 서러움을 어찌 제대로 짐작할 수 있으리.

대성학교(용정중학교)를 찾았다. 시인 윤동주의 모교이며 많은 독립운동가와 애국지사를 배출한 학교로 유명하다. 구관 앞에 윤동주의 〈서시(序詩)〉를 새긴 비(碑)가 고즈넉이 우리를 맞는다. 내가 자주 애송하는 그 〈서시〉다. 돌에 새겨진 시어들 하나하나가 가슴속에 파고든다. 그의 시구대로 한 점 부끄럼 없이 살다 간 민족시인 윤동주! 일제에 의해 한창 젊은 나이로 억울하게 생을 마감한 선구자. 그러나 그는 남겨 놓은 명시와 함께 우리와 영원히 살아 숨 쉴 것이다.

2층에 안중근 의사, 서일 장군, 김좌진 장군, 이봉식 장군, 김정길 선생의 업적과 청산리 전투 상황이 자세히 전시되어 있었다. 또 이름 없이 돌아가신 분들도 많으리라. 말로만 듣던 만주 지역 항일 투사들의 활동을 내내 숙연한 마음으로 돌아보았다. 오늘날 우리가 이만큼이라도 살고 있는 것은 그분들의 은덕인 것을.

윤동주 시인의 생가와 명동촌은 시내를 조금 벗어나 있었다. 생가 건너편에 단층집들이 몇 채 모여 있는데 바로 명동촌이다. 명동촌은 독립운동 당시 민족의식이 가장 강했던 마을로 전해 오고 있다. 시인의 생가는 아담한 기와집으로 생활은 남부럽지 않았던 것 같다. 마루도 있고 건넌방, 안방도 있고 훤히 트인 흙마당은 깨끗했다. 마당한가운데 봉숭아, 분꽃, 채송화가 핀 예쁜 꽃밭은 꼭 우리나라의 옛 고향집 모습이다. 평화롭고 아늑하여 시인의 고운 시심(詩心)이 자라났을 법한 생가였다. 뒤울에는 키 큰 백양나무들이 울타리를 이루고 곁에 내 키보다 낮은 토담이 집 안을 감싸듯 둘러서 있었다. 대청마루를 지나 방에 들어가서 시인의 작은 책상도 만져 보고 창문을 통해 들도 내다보았다. 들을 덮은 풀숲 사이로 시인이 어렸을 적 멱을 감고 물장구를 치며 놀았을 얕은 냇물도 보였다.

산은 멀고, 넓은 들판을 가까이 내려다보는 하늘은 정다웠다. 하얀 솜털구름이 드문드문 깔린 6월의 하늘이었다. 밤이 되면 하늘 가득 별이 뜨리라. 초여름의 밤하늘을 수놓은 영롱한 별떨기들. 시인은 멍석에 누워 하나 둘 별을 세고, 은하수 견우성 직녀성을 찾다가 문득 별을 닮고 싶었을 게다. 그러다가, 그러다 마침내 우리의 마음속에 떠 있는 별이 되었다.

일행 중에 한 사람이 마당을 거닐며 시인을 기리듯 〈서시〉를 낭송했다.

죽는 날까지 하늘을 우러러
한 점 부끄럼이 없기를
잎새에 이는 바람에도
나는 괴로워했다.
별을 노래하는 마음으로
모든 죽어 가는 것을 사랑해야지.
그리고 나한테 주어진 길을
걸어가야겠다.

오늘 밤에도 별이 바람에 스치운다.

아름다운 시어들이 처마 끝을 지나 백양나무 잎새 소리에 섞여 들판으로 흘러갔다. 우리의 낭송이 시인에게 조금이나마 위로가 되었으면 싶었다.

(2008.)

05

다뉴브강의 밤물결

아름다운 호수다.

호반은 초목들이 차지하고 발밑 물가에는

어리연꽃이 무리를 지어 피어 있다. 그 사이로 청둥오리가 떠다니고

저만치 호수 위에는 백조 한 마리가 눈부시다.

– 본문 〈블레드 섬의 종소리〉 중에서

블레드 섬의 종소리

.

슬로베니아의 블레드 호수. 하늘과 산이 그림자를 드리운 호수는 짙은 청록이다. 알프스의 진주라고 불리는 호수는 알프스의 만년설이 녹아 만들어진 빙하호다. 호수의 길이만 2킬로미터이며 깊이는 30미터로 해발 500여 미터의 높이에 있다. 아름다운 호수다. 호반은 초목들이 차지하고 발밑 물가에는 어리연꽃이 무리를 지어 피어 있다. 그 사이로 청둥오리가 떠다니고 저만치 호수 위에는 백조 한 마리가 눈부시다.

호수 멀리 조금 전에 다녀왔던 블레드 성이 절벽 위에 아스라하다. 중세 시대엔 수많은 깃발이 펄럭였을 성루에 흰 구름만 얹혀 있다. 그 뒤쪽으로 겹겹이 산등이 엎드리고 아득히 알프스의 긴 능선도 한 몫을 하고 있다. 청정한 자연, 이국의 풍경이 여행의 피로를 몰아낸다.

플레타나라고 하는 나무배를 타고 호수에 떠 있는 블레드 섬을 향한다. 우리나라의 나룻배같이 사람이 직접 노를 저어 움직인다. 환경을 보호하기 위해 동력선을 쓰지 않는다. 우리 일행은 두 척의 배에 10여 명씩 나누어 앉았다. 배 위쪽은 천막같이 둘러 햇빛을 가리고 손님은 배 양쪽에 빙 둘러앉는다. 사공은 뒤쪽에 서서 두 개의 커다란 노를 양쪽 팔로 저어 배를 움직인다. 사공은 남자만 할 수 있으며, 이곳에서 치열한 경쟁을 거쳐 뽑힌 젊은이들이다. 그래서 자부심이 대단하다고 한다. 우리 중 몇몇이 사진을 찍느라 수선을 떨자 "언니, 언니" 하며 얌전히 앉아 있기를 종용한다. 배가 중심을 잃으면 위험한가 보다.

팀장(인솔자)이 섬에 대하여 안내한다. 섬은 슬로베니아에서 첫째가는 휴양지이고 이곳 사람들의 자랑거리다. 특히 젊은이들의 데이트와 결혼식장으로 인기가 높으며 따라서 섬의 성당에서는 자주 결혼식이 열린다고 한다.

섬에는 전해 오는 이야기가 있다.

옛날 이 섬의 젊은 성주가 전쟁터에 나갔는데 소식이 묘연했다. 남편의 소식을 기다리다 못한 아내 플로세나는 남편을 위해 성당에 종을 만들어 봉헌하기로 한다. 그런데 종을 배에 싣고 오다가 풍랑을 만나 호수 속에 빠뜨리고 만다. 결국 모든 것을 포기한 플로세나는 로마의 수도원에 들어가 수녀가 되었다. 이 사연을 알게 된 교황이 다시 종을 만들어 성당에 달게 하였으니 플로세나의 지극한 정성이 교황을 감동시켰나 싶다. 종은 그때부터 지금까지 섬과 성당을 지키고 많은 사람들이 찾아와 세 번씩 치며 소원을 빌곤 한다. 그래서 종은 '행복의 종'으로 불리게 되었다. 플로세나의 애련한 사랑이 승화되어 종을 쳐 주는 이들에게 행복을 주나 보다.

블레드 섬이 천천히 다가온다. 은은히 종소리가 들린다. 앞서간 중국 사람들이 소원을 비는 소리다. 드디어 눈앞에 펼쳐진 섬은 영락없는 수채화의 일부분이다. 녹음 진 숲에서 솟아난 고딕식 탑, 그 밑에 얼핏얼핏 보이는 예쁜 지붕들, 맑고 푸른 하늘 아래 흰 구름을 얹고 있는 뾰족탑이 명화가 따로 없을 것 같다.

배를 탄 지 약 15분, 선착장인 나지막한 바윗등에 내렸다. 눈앞에 돌층계가 맞이한다. 성당과 이어진 아흔아홉 개의 층계다. 결혼식 날 신랑 신부가 지켜야 할 것이 있다. 이 층계를 신랑은 신부를 안고 올라야 한다. 신부는 이때 절대 침묵해야 한다. 그렇게 다 올라서면 먼저 성당에 들어가 함께 종을 세 번 울린다. 그러고 나면 행복하게 잘산다고 한다.

성당은 '성모 마리아 승천 성당'으로 웅장하기보다 조용하고 아담하다. 원래는 슬라브인들이 숭상하던 여신 지바(ZIVA)의 성지였으나 8세기쯤 천주교로 개종하면서 성당이 들어섰다. 15세기에 성당이 건설되었고 17세기에 재건축되어 오늘에 이르렀다. 성당의 성화와 조각상들은 천여 년을 넘긴 세월만큼 고풍스러웠다. 그중 금색이 반짝이는 성모자(아기 예수를 안은 성모 마리아)의 부조는 이 성당에서만 모시고 있는 성물인 것 같다.

성당 중앙에 천장으로부터 굵은 줄이 내려져 있다. 종과 이어진 밧줄이다. 우리는 차례를 기다렸다가 한 사람씩 줄을 잡아당겼다. "댕그렁 댕그렁" 내 차례가 되자 플로세나의 소원에 내 소원도 얹어 줄을 당겼다. 곧 성당 안에 세월을 타지 않은 맑은 종소리가 울렸다.

모두들 치고 난 뒤에 팀장이 내 룸메이트요, 교우인 데레사 씨와 줄을 맞잡고 당겨 보라고 한다. 동영상을 찍어 주기 위해서다. 희수를 맞은 우리가 달리 보이는 것일까. 특별히 베푸는 선심이 고맙기 짝이 없다. 무슨 일이라고 주저할 손가. 다시 우리는 줄을 붙들고 신명이 났다. 한 번, 두 번, 세 번.

서너 시간을 머문 후 다시 배 플레타나를 타고 섬에서 나와, 다음 행선지를 향해 버스에 올랐다. 버스의 좌석에 앉자마자 데레사 씨가 웃음을 함빡 얼굴에 피우고 폰의 동영상을 연다. "댕그렁 댕그렁 댕그렁" 곧 종소리가 버스 안에 울리자 일행이 즐거운 듯 웃어댄다. 신나는 여정이다.

계속하여 이곳 종소리는 내 여생에서 소리 없이 울리리라.

(2018.)

다뉴브 강의 밤물결

– 다뉴브 강을 찾아

크로아티아 쟈그레브에서 버스로 약 5시간 30분을 달려 헝가리 부다페스트에 도착했다. 영웅광장을 돌아보고 점심 후 겔레르트 언덕을 향했다. 언덕을 받친 치타벨리 성벽의 무수한 총알 자국이 헝가리의 역사를 말해 주고 있었다. 성벽을 끼고 언덕에 올라 어부의 요새, 마차시 사원, 옛 부다 왕궁, 대통령궁, 자유의 여신상, 엘리자베스 동상, 성 이스트반 동상 등을 두루 둘러보았다.

해발 220미터의 겔레스트 언덕에서는 부다페스트의 시가지가 한눈에 내려다보였다. 그중 가장 반가운 풍경이 시내 중심을 흐르고 있는 다뉴브 강이다. 이제라도 실제 강을 바라볼 수 있으니 얼마나 큰 축복인가. 소녀 시절부터 아름답게 상상하던, 노래와 시어 속에서 만나던 강. 뒤늦게라도 강을 바라보고 있어서 행복했다. 나는 젊을 적에 못 이룬 미완(未完)의 정을 보상하듯 폰의 카메라를 계속 눌러댔다.

강은 소문대로 푸르지 않았다. 베이지색이랄까. 이유는 강 밑의 토질 때문이라고 한다. 그런데 왜 왈츠 곡에서는 '푸르고 아름다운 도나우 강'이라고 하였을까. 가이드가 그 의문이 풀어지게 했다. 강이 먼 길을 흘러오는 동안 왜 푸를 때가 없겠느냐는 것이다. 볼가 강에 이어 유럽에서 두 번째로 긴 강으로 2,860킬로미터로 남부의 산지에서 발원하여 독일, 오스트리아, 슬로바키아, 헝가리, 크로아티아 등 여러 나라를 관통 또는 국경을 접하다가 흑해로 들어간단다. 따라서 이름도 여러 가지, '다뉴브'는 영어식 발음이고 '도나우'는 독일식 발음이며 헝가리는 '두나'라고 부른다. 우리는 주로 도나우 강이라 한다. 부다페스트를 흐르는 다뉴브 강은 우리나라 한강 비슷한 역할을 하고 있다. 시가지는 강을 경계로 서쪽과 동쪽으로 나뉘는데 서쪽은 부다 지구로 대지(臺地) 위에 자리하여 왕궁을 비롯하여 역사적 건물이 많고, 동쪽인 페스트 지역은 평지로 주로 서민들의 거주지라고 한다. 그래서 부다페스트는 부다 지역과 페스트 지역을 합한 이름이다. 우리 서울을 강북 지역, 강남 지역으로 구분하는 경우와 비슷하다.

강 위에는 띄엄띄엄 다리가 놓였고, 강 건너 도시의 모습은 모두 서너 층의 건물로서 우뚝 솟은 성당과 우람한 국회의사당을 중심으로 아담하고 질서정연했다. 부다 지역에 속하는 겔레르트 언덕에서 두어 시간을 보내고 나니 해가 설핏해졌다. 그 길로 가이드를 앞세우고 강을 건너 성 이스트반 성당을 순례했다. 오스트리아의 슈테판 성당을 모델로 건축했다는 성당 내부는 화려함과 웅장함의 극치였다. 성지 순례가 아니어서 촛불만 봉헌하고 문을 나서니 몹시 서운했다.

이른 저녁 식사를 한 뒤 근처의 숙소에 짐을 맡기고 걸어서 강가를 찾았다. 기다리던 '다뉴브 야경 투어'다. 어느새 강변에는 등불이 켜지고 밤 그림자가 몰려와 있었다. 강에는 9개의 다리가 놓여 있다는데 우리는 머리퀴트 다리에서부터 세체니 다리, 엘리자베스 다리, 자유의 다리까지만 오고갔다.

머리퀴트 다리 옆에 있던 자그마한 유람선을 탔다. 앞쪽에는 유리벽을 한 운전실이 있고 뒷부분은 훤히 트여서 사방이 다 보여 좋았다. 드디어 배는 나지막한 기계 소리를 내며 움직이기 시작했다.

이미 해는 넘어가고 하늘엔 초이레 반달과 별 하나가 반짝였다. 멀리 겔레르트 언덕의 부다 왕궁이 빛나고 자유의 여신상도 조명을 받아 뽀얗게 빛났다. 시가지와 강변은 등불로 불야성을 이루었다. 성당의 뾰족탑은 은빛이요, 국회의사당은 화려하고 웅장한 성(城)이었다. 은은한 뱃소리의 리듬을 타고 눈 아래는 황금물결이 출렁이는데 어느 사이 강바람이 불어와 옷자락과 머리카락을, 내 마음까지 날렸다.

와인 한 잔을 받아 마셨다. 싸한 열기가 몸속에 퍼져 돌았다. 배에서는 쎄체니 다리를 앞에 두고 안내 방송을 하는데 나는 엉뚱하게 소녀 시절 단상(短想)놀이가 떠올랐다. 사범학교 시절, 초등학교 특별활동 지도를 위해 학과 외에 특기 한 가지씩을 길렀다. 나는 문예부로 동인 활동을 했는데 뜻이 같은 동창들 그리고 선배들과 교실에 모여 각자가 써 온 작품평을 나누고, 문예지 만들 의논도 했다. 방학을 앞두면 간단한 놀이로 단상 짓기를 즐겨 했다. 그 놀이의 소재 중 생각나는 한 가지가 '도나우 강'이다.

그때 문학 소년소녀들의 꿈 자락이 되어 준 도나우 강! 그 강을 어찌 무심코 지나랴.

황금물결 출렁이는
도나우 강에
추억의 와인 잔이 떠가네.

강변은 휘황찬란 불야성을 이루고
바람은 밤새워 옛 노래를 부르는가.

그립다
예쁜 꿈을 나누던 그 시절이.
지금 나는 여기에 있는데
그들은 어디로 갔을까.
보내 버린 너와 나의 많은 날들.
나는 흰머리를 이고
황금물결 반짝이는 도나우 강에서

옛 추억을 부르네.

단상을 읊조리는 동안 어느덧 뱃소리가 그치고 유람선은 다시 머리퀴트 다리 밑에 정박했다. 낭만의 시간도 끝이 나고 유람도 막을 내렸다.

강은 내 추억이랑 안고 출렁일 것이다. 뒤늦게 만난 이 동양 할머니를 기억해 줄 것이다.

(2018.)

호반의 도시, 짤츠캄머구트

체코의 체스키부데요비치에서 오스트리아의 짤츠캄머구트를 향해 버스로 약 3시간여 달려 도착했다. 옛날에 왕의 소금 창고가 있었다는 짤츠캄머구트는 전원 풍광의 아름다움이 빼어나 유네스코 자연유산에 등재된 곳이다.

버스에서 내리자마자 상큼한 나무 향이 마중하듯 에워싼다. 입구부터 숲길이다. 숲길을 지나니 눈앞에 다가서는 산, 병풍같이 마을을 둘러싼 산자락 그 위에 반원 모양의 산등성이들. 마을 이름은 장크트 길겐으로 하나같이 예쁘고 아담한 집들이 조용히 자리하고 있다. 집집마다 발코니에는 아기자기한 화분에 색색의 꽃들이 수를 놓고 있고 집과 집 사이에는 푸른 나무들이 한두 그루씩 심겨져 있어 마을의 분위기가 한층 더 평화롭게 느껴졌다. 차들은 물론 사람들도 보이지 않고 새들 소리만 들리는데 동화책의 삽화 일부분을 대하는 것 같다.

고딕 양식의 하얀 발파르츠 교회 앞을 돌아 가이드가 공원묘지로 안내한다. 화강암의 묘지석과 작은 봉분 앞에 울긋불긋 예쁜 꽃들이 빠짐없이 놓여 있다. 푸른 금잔디에 덮인 묘지 전경은 공원을 연상시킨다. 우리는 묘지를, 인가와 떨어진 외진 곳에 쓰는데 이곳은 마을 가운데에 묘지를 두니 특이한 문화다. 심지어 뒤뜰에 모시는 경우도 있다 하니 우리의 풍습과는 거리가 멀다.

묘지를 나와 호수 쪽으로 몇 미터 걷다 보니 모차르트 외가 건물이 자리하고 있다. 외가라면 모차르트가 어릴 때 한 번이라도 다녀간 곳이리라. 이 아름다운 풍광이 모차르트에게 세기의 음악을 탄생시키는 데 큰 영향을 주지 않았나 싶다. 건물 벽에는 모차르트의 어머니와 누이의 초상화가 걸려 있는데 집의 한쪽은 박물관으로 외가가 살던 옛 모습을 재현해 놓았다고 한다. 그 외 모차르트의 유품과 내력은 점심 후 짤츠부르크에 있는 박물관에서 관람하기로 하고 외관만 살펴본 다음 볼프강 호수에 이른다. 모차르트 이름이 '볼프강 아마데우스 모차르트'이니 이곳 호수의 이름을 따왔나 싶다.

오스트리아 국기가 달린 유람선이 물살을 가른다. 백조 한 마리가 호수기슭에서 유유자적하고 5월의 부드러운 바람결에 옷자락을 날린다. 어찌 옷자락뿐이랴. 내 반백의 머리카락도 날리고 가슴속 낭만한 자락도 펄럭여 준다. 호변 산기슭에 지어진 붉고 희고 푸른 집들이 서서히 움직인다. 산도 푸르고 하늘도 푸른데 유독 물 빛깔은 진한 쑥빛으로 출렁대고 있다. 동남쪽일까, 트인 호수 한쪽이 더 가 보라는 듯 먼 곳을 가리키고 있는데 배는 20여 분 만에 그만 머리를

볼프강 호수

짤츠캄머구트 마을

돌리고 오던 길로 다시 간다. 아쉽기만 한, 호수 유람 시간이다.

다음 관람은 마을의 뒷산 샤프베르크(Schafberg). 높이는 1,783미터라고 한다. 4인승 케이블카를 타고 산정을 오른다. 산은 꽤 경사지지만 케이블카의 유리문 밖으로 보이는 산등성이 풍경이 좋아서 두려움을 잊는다. 얼룩소 대여섯 마리가 풀을 뜯거나 앉아 있고 근처에 염소들도 보인다. 건물은 꼭 한 채, 동화책 ≪알프스 소녀≫에서 상상한 알프스 산정 같다. 눈이나 비가 오면 소와 염소를 보호하고 목동들이 기거하는 집인가 싶다.

40여 분 만에 산정에 도착, 정상을 향해 산등성이의 길을 걷는다. 능선이 완만하고 흙길이라 오를 만하다. 산은 전체가 초지로 덮인 채 키 작은 나무가 간간이 보이고 길섶엔 이름 모를 들꽃들이 군락을 이루고 있다. 영화 ≪사운드 오브 뮤직≫에서 주인공이 가족들을 데리고 이웃 나라를 향하던 산등성이를 다시 보는 것 같다. 이왕이면 영화의 주제곡에서 나오던 들꽃 '에델바이스' 한 포기라도 보고 싶지만 계절이 엉뚱하니 어쩌랴.

정상에 이르자 뜻밖에 대형 십자가가 맞아 준다. 반가운 십자가 밑에서 간단한 감사 기도를 드린 다음 마음껏 산 아래를 내려다본다. 마을과 강가에서 그리 맑고 푸르던 하늘이 이 무슨 조화인가. 어느 사이에 물안개가 마을과 호수, 산중턱을 에워싸고 소리 없는 안개마냥 시야에 가득한 게 아닌가. 산과 호수, 골짜기를 끼고 있어서 날씨가 변화무쌍하다는 가이드의 설명이다. 하지만 운무에 싸인 호수 마을의 풍광이야말로 일품이다. 조금 전의 호수 풍경이 오색이 섞인 유화였다면 이곳의 강마을 풍경은 회색빛으로 어우러진 수채화 한 폭이다.

　마을로 내려오니 날씨는 또 거짓말같이 푸르고 맑다. 여전히 집 베란다의 꽃들은 환하게 웃고 집 사이 나무들도 변함없이 짙푸르다. 마을에 있는 꽃분으로 장식된 어느 식당 1층 홀에서 오스트리아의 대표 음식 중 하나라는 슈니첼로 점심을 들며, 신선한 공기까지 맘껏 마신다. 과연 유네스코 자연유산으로 지정되기에 손색없는 아름다운 짤츠캄머구트다.

(2018.)

동화 속에 들어가다

☆ 플리트비체 공원

천혜의 자연 환경인 플리트비체는 유네스코 세계자연유산으로 크로아티아의 대표적 관광지다. 16개의 호수와 92개의 폭포 1,267종의 식물들이 계절마다 변화를 주며 태고의 원시림 풍경을 만들고 있다. 마침 요정이 살고 있는 것 같다는 느낌을 주는 곳이다. 공원의 규모가 방대하여 제대로 보려면 3일 정도가 소요되는데 우리 같은 당일치기 관람으로는 2~3시간 걸리는 A코스가 마땅하다고 한다.

입구에서부터 시작된 숲길을 지나니 산이 둘러싸고 그 사이에 호수가 넘실넘실 출렁였다. 서늘한 강바람에 옷자락이 날리고 모자가 날릴 뻔했다. 보트를 타고 호수 위를 떠가기 10여 분, 산기슭에 보트가 멈추자 우리는 산 밑에 이어진 올레길 같은 길을 걸었다. 벨리카 폭포와 하류 호수를 관광하기 위해서다.

동화의 나라 폴리트비체

길은 논둑길같이 호수 위에도 이어지고, 맑다 못해 유리같이 투명하여 물속에 풀, 나무의 뿌리까지 허옇게 들여다 보인다. 작은 물고기의 지느러미까지 보였다. 산비탈에서 작은 폭포들이 쏟아져 내리는 게 한두 곳이 아니다. 마치 동화나라에 온 듯 어디선가 요정이라도 나타날 것 같았다.

다시 휘어진 길을 걷고 나무 데크를 걸어 산자락을 돌아서자 서늘한 기운이 몸에 휘감기는 것 같더니 높다란 산비탈을 타고 거대한 폭포 줄기가 장엄하게 쏟아지는 게 아닌가. 폭포가 뿌리는 이슬 같은 물방울에 머리를 적시고 옷을 적셨다. 물안개가 사방에 자욱하고 물소리에 아무 소리도 들리지 않았다. 오, 그 물기둥의 포효는 우렁찬 천혜의 산울림이런가, 몸집 큰 요정들의 함성이런가. 벨리카 폭포의 위력 앞에 우리는 돌아갈 길을 잊고 설레발을 치며 폰의 카메라를 연방 눌러댔다.

한참 만에 폭포를 떠나 호수 한가운데로 난 길을 천천히 걸어 건너편 산정에 올라 맘껏 산과 호수와 폭포의 풍광을 즐겼다. 생각해 보면 천혜의 자연을 소유한 복 많은 그곳 사람들이다.

그날 점심은 플리트비체 호수에서 서식하는 송어 요리로 포식하고 또 다른 동화마을을 향했다.

☆ 자그레브 구시가지

크로아티아의 수도 자그레브. 그 도시는 상부 도시와 하부 도시로 모습을 달리하고 있는데 상부 도시는 지난 시절의 평화와 고요함이 매력적이며 하부 도시는 활기찬 유럽의 분위기로 거대 상업 도시와 같다고 한다. 우리는 상부 도시를 중심하여 돌아보기로 했다.

길 양편에 들어찬 옷가지, 생활용품 가게들을 가볍게 구경하며 조금 언덕진 곳에 펼쳐진 광장까지 걸어 올라갔다.

광장 가에서 먼저 눈에 들어온 건물은 뾰족탑을 한 자그레브 대성당. 한 번에 최대 5,000명까지 미사를 드릴 수 있다는 큰 규모였다. 바로크 양식의 계단과 고딕 양식의 제단인 성당 내부에는 누워있는 스타피나츠 복자의 상이 모셔져 있었다. 촛불을 한 대 밝히고 성지 순례가 아니기에 일행을 따라 밖으로 나왔다.

광장 한가운데 석조 기둥이 세워져 있고 그 끝 드높은 곳에 흰 성모 상이 아름다운 모습으로 서 계셨다. 성모님 뒤편에는 성 마르크라는 아담한 성당이 하나 더 있었다. 겉모습부터 무척 아름다웠다. 빨강 파랑 흰색의 체크무늬를 한 지붕이 눈길을 끌고 지붕의 왼쪽에는 크로아티아 문장이 모자이크로 꾸며져 있었다. 성당 내부에는 화려한 프레스코화와 조각가 이반 메슈트로비치의 작품도 전시되었다는데 그냥 외관만 보는 걸로 만족해야 했다.

마침 그때 전통 복장을 하고 결혼식을 올리기 위해 나란히 성당

안으로 들어가는 신랑 신부를 보았다. 그 뒤를 많은 하객들이 따랐는데 울긋불긋한 전통 복장을 갖춘 모습이 볼 만했다. 조금 늦게 또 전통 복장을 한 남녀가 마차를 타고 오더니 내려서 식장으로 향했다. 나도 모르게 외국 전래 동화속에 들어선 것 같았다. 아니 전래동화를 보는 느낌이었다. 한편 옛 전통을 지키며 조상의 뿌리를 이어 가려는 이곳 사람들에게서 우리가 본받을 점이 무엇인가를 생각해 보았다.

내려오는 길에 성모님의 그림이 문에 새겨져 기적적인 힘을 지녔다는 돌의 문과 그 나라의 통치자였던 이름으로 불리는 반 엘리치치 광장을 관람했다. 반 엘리치치가 말을 타고 창을 휘두르는 조각상이 있는 광장은 보통 때는 만남과 산책의 장소가 되고 민속 축제가 벌어지면 즐거운 공공무대로 바뀐다고 한다.

동화나라 같던 크로아티아. 신비한 자연 속의 플리트비체 공원과 지나간 중세마을의 자그레브 풍광에 흠뻑 젖어 본 즐거운 하루였다.

(2018.)

또 가고 싶은 북쪽 나라

세계지도를 펼치면 저 북쪽, 짐승의 갈기 같기도 하고 머리 부분 같기도 한, 묘하게 뻗어 내린 기름한 땅이 눈에 들어온다. 스칸디나비아 반도다. 그곳 자연환경은 유별 난다. 신비하고 아름답고 까다롭다. 긴 겨울, 백야, 설산과 피오르드, 북해와 발트해. 찬란한 오로라와 눈 쌓인 툰드라. 자작나무숲… 그래서일까. 전설이 많고 그곳을 모티브로 한 뛰어난 예술작품들이 많다. 인어공주, 눈의 여왕, 햄릿, 닥터지바고, 죄와 벌, 솔베이지의 노래 등등. 그래서 더 그곳에 여행하기를 원했다.

☆ 코펜하겐의 하루

5월 20일, 13시 10분 인천공항을 출발한 러시아 항공기 아에로 플로트는 우리를 태우고 모스크바를 거쳐 21시 15분, 덴마크의 코펜하겐 공항에 사뿐히 착륙하였다. 덴마크는 반도이면서 400개의 많은 섬이 있고 그중 세 번째로 큰 섬 코펜하겐이 수도이다. 우린 먼저 현지 시각에 맞추려고 시계바늘을 6시간 전으로 돌렸다. 우리나라는 해가 졌을 텐데 사방이 훤한 낮이었다. 기내에서 저녁까지 먹었기에 짐을 챙겨 곧장 숙소로 들었다.

잠을 자는 둥 마는 둥 하고 일찍 룸메이트 베로니카님과 숙소 주변을 산책하였다. 듣던 대로 5시인데도 대낮같이 밝았다. 벌써 푸른 하늘에는 목화송이 같은 흰 구름이 떠올라 있고 밝은 햇살을 받은 정원수들이 싱그러웠다. 울타리가 없는 곳이라 숙소 근처는 도로였고, 젊은 부부가 아이를 어린이집에 맡기고 출근하는 평화로운 아침이었다.

숙소에서 현지식으로 식사를 하고 코펜하겐의 중심부인 시청사로 향했다. 깨끗한 거리에 가끔 승용차가 지나가고 자전거 탄 사람들이 많았다. 대중교통보다 자전거를 많이 이용한다고 한다. 따라서 자전거길이 발달하고 차보다 사람을 우선한다는 가이드의 설명이다. 문득 유난히 높다란 곳에 설치된 가로등이 눈에 들어왔다. 흐린 날이 많아 가로등의 역할이 커서 멀리 비출 수 있도록 높게 만들었나. 예전에는 '덴마크' 하면 낙농업이 발달한 나라로 여겨왔으나 지금은 산업디자인, 공업디자인, 조선업이 발달하고 풍력발전과 유제품, 가구제품의 수출이 많은 잘 사는 나라라고 한다.

시청광장은 시민들의 공원으로 입구 오른편에 안델센의 좌상이 자리했다. 덴마크의 오덴스 섬에서 태어나 수많은 동화를 남긴 덴마크의 국보 안델센. 그의 중절모와 검은 양복에 눈웃음 짓는 기름한 모습은 어렸을 적부터 책에서 보아와 낯설지 않았다. 그가 떠난 후, 몇 백 년이 지났지만 지금도 안델센의 동화는 세계에서 단연 첫째로 여긴다. 인어공주, 눈의 여왕, 백조왕자, 미운 오리새끼, 벌거숭이 임금님 등은 세기의 동화가 아닌가. 재직시절, 해마다 반 아이들에게 들려주던 인어공주와 눈의 여왕이다. 자신을 희생하여 왕자를 살리고 인간의 영혼을 얻는 인어공주, 악마에게 끌려간 친구의 영혼을 온갖 고통을 이겨냄으로써 다시 되찾고야 마는 눈의 여왕도 두고두고 어린이들에게 읽혀야 하는 명작이다.

광장에서 도보로 근처에 있는 뉴하운 항구로 향했다. 바닷물이 육지 깊숙이 디귿 자 모양으로 들어찼는데 작은 배들과 하얀 요트들이 가득 정박하고 있었다. 배의 돛 꼭대기에 갈매기 한 마리가 유유히 앉아 있는 것으로 보아 고깃배도 있는 듯 했다. 운하는 340년이 넘었으며 선원들의 휴식처이자 낭만의 거리로 차를 즐기는 사람들, 포장마차 같은 곳에서 음식을 먹는 사람들이 많았다. 우리는 항구둘레를 천천히 돌아 근처에 있는 안델센의 집을 방문했다. 붉은 벽돌의 이층집인데 아래층은 기념관이요 이층은 안델센이 기거하던 곳이다.
다음은 덴마크의 왕실인 아멜리엔보그 궁전을 관람했다. 로코코풍으로 지어진 건물에 덴마크의 깃발이 펄럭이고 있었다. 깃발의 펄럭임은 왕이 머물고 있다는 표시라고 한다. 그래서인지 근위병의 얼굴이 더 엄숙한 것 같았다. 때문에 왕궁은 가지 못하고 먼발치로 조망했다.

북유럽의 날씨는 변덕스럽다고 하더니 왕궁에서 약 500미터 떨어진 게피온 분수대에 이르자 하늘에 구름떼가 몰려오고 빗방울이 떨어지기 시작했다. 빗방울을 맞으며 분수를 뿜고 있는 게피온 여신상 앞에 이르렀다. 뛰어난 조각상이었다. 네 마리의 소를 채찍질하는 여신이 물보라와 함께 어찌나 거세게 보이는지, 한 대 채찍을 맞으면 견뎌낼 것 같지 않았다. 신화에 의하면 게피온은 덴마크의 수호신으로 북유럽 풍요의 여신이다.

스웨덴 왕이 여신 게피온에게 하룻밤 동안에 땅을 판만큼 경작지를 주겠다고 하였다. 여신은 네 아들을 황소로 변하게 하여 땅을 일구게 하고, 그 흙으로 바다를 메워서 그 땅을 차지하였는데 그곳이 바로 덴마크의 셀란 섬이다. 얇은 옷자락이 흐르는 아름다운 여신의 몸매, 포독한 표정에 드높이 들고 있는 채찍. 입에 거품을 내뿜는 듯이 힘들어 보이는 황소 네 마리. 게피온은 자식을 희생시켜 나라 땅을 더 차지했던 것이다. 그래서 덴마크로부터 추앙을 받고 있다 한다.

분수대를 뒤로 하고 에릭션이 조각했다는 인어공주를 만나기 위해 해안가로 향했다. 꼬리지느러미를 내리고 바다를 배경으로 높다란 바위 위에 앉아있는 가엾은 인어공주, 날씨 때문인지 그녀의 애잔한 이야기가 더욱 간절해졌다.

코펜하겐 바닷가의 인어공주 조각상

코펜하겐의 말을 탄 플레데릭 1세의 청동상

이외에도 공원에는 1차 세계대전 중에 바다에서 목숨을 잃은 선원들을 기리는 기념비인 천사의 상과 말을 탄 플레데릭 1세의 청동상이 볼만 했다. 공원을 돌아 나오자 빗줄기가 쏟아졌다. 비도 피할 겸, 근처의 성 알반 교회에 들렀다. 덴마크인의 종교는 루터교로, 전체 인구의 80%에 달한다고 한다. 잠시 목례하고 우산을 펼칠 새도 없이 바쁘게 버스에 올랐다. 그로써 코펜하겐 항을 향해 달리니 안델센의 나라여, 아쉽지만 안녕히.

5월 20일

☆ 크루즈 선 D.F.D.S

D.F.D.S 라고 불리는 대형 크루즈를 타고 북해가 흘러드는 스카크라크 해협을 건넜다. 저녁 무렵 출항한 배는 여린 햇살을 받으며 긴 해안과 작은 섬 사이를 떠가기 시작했다. 끊임없이 나타나는 검은 숲과 예쁜 집들을 구경하며 햄릿의 모티브가 되었다는, 크론보르 성을 그려 보았다. 덴마크와 스웨덴 사이의 해협에 있던 요새를 개조한 성으로 웅장하고 소박하다고 하던가. 코펜하겐의 도심에서 조금만 벗어나면 그 성을 볼 수 있다던데…. 그냥 떠나는 여정이 몹시 서운했지만 패키지 여행이니 어찌 개인이 마음먹은 대로 되겠는가. 안델센 동상과 인어공주의 상을 본 것만으로도 보람이지 싶었다.

두어 시간 항해가 계속 되었을까. 섬과 해안은 멀어지고 배는 바다가운데로 들어섰다. 수없는 파장과 하얀 물거품이 쉬지 않고 뱃전으로 달려왔다. 신비하고 엄숙한 바다! 안델센이 그 바다를 보며 바다 밑을 상상하고 인어공주를 그려 냈지 싶었다. 셰익스피어 희곡 〈햄릿〉이 스웨덴과 덴마크의 해협에 있는 크론보르 성이 모티브였다면 안델센의 동화 〈인어공주〉는 바로 덴마크를 둘러싼 깊고 너른 바다가 준 선물이 아니었을까.

선상의 레스토랑에서 저녁을 먹으며 밖을 내다보니 배는 이미 바다 한 가운데를 가르고 있었다. 배의 후미 수평선에 핀 붉은 노을이 우리나라처럼 아름다웠다. 엘리베이터를 타고 9층을 거쳐 갑판에 나섰더니 어느 틈에 노을은 지고 바다로부터 불어오는 바람결이 춥고 세찼다. 마음 같아서는 폭신한 로비의 소파에 앉아 밤을 새고 싶었지만 내일의 여정을 위해 일찍 선실로 들어와 잠을 청했다.

5월 21일

☆'하느님의 초원' 오슬로

밤새 바다를 가르던 크루즈 선이 아침녘 오슬로 항에 도착했다. 배에서 조식을 마친 우리는 곧장 오슬로를 향하여 전세버스에 몸을 실었다. 버스 안에서 가이드로부터 노르웨이와 오슬로에 대하여 안내를 받았다.

노르웨이는 14세기 후반에는 덴마크의 영향 하에 있었고 18세기

이후에 스웨덴의 지배를 받다가 19세기에 독립한 입헌군주제의 왕국이다. 게르만민족이며 바이킹의 후예들이다. 바이킹은 한때 해적으로 유럽과 북미사람들 간에 두려움의 대상이었지만 노르웨이인들은 조선술과 전투력이 뛰어나고 전리품을 나눠쓰던 조상들을 매우 자랑스럽게 여긴다고 한다. 위도가 높아 햇빛이 귀하고 해바라기를 위해 우리와는 반대로 서향집을 선호한다. 겨울에는 적설량이 많아, 녹은 눈이 한꺼번에 쓸려내려 가지 못하도록 집의 처마는 굴곡지게 만들었다. 물이 깨끗하여 수돗물을 그대로 식용수로 사용하며 나라에 세금을 많이 내고 물가는 비싸지만 복지가 잘 된 살기 좋은 나라다. 또 원유와 천연가스 수출국으로 부자나라다. 한국인은 오슬로에 약 350명 정도 살고 있으며 입양을 많이 받아들여 입양아가 7,000여명이라고 한다.

'신의 초원'이라는 어원답게 오슬로는 사방이 녹지대다. 연두색 새 잎을 피운 자작나무가 군데군데 숲을 이루고 전나무로 보이는 상록수들도 사이사이에 진녹색무늬를 수놓고 있었다. 우리는 오슬로의 중심지 칼 요한 거리에 내려 100년이 넘은 건물들이 즐비한 다운타운을 지나 시청사에 들어서서 김대중 대통령이 오르셨던 노벨 평화상 시상대를 구경하였다. 근처에 있는 왕궁과 아케루스 요새, 오슬로대학은 외부만 구경하고 뭉크의 〈절규〉가 소장된 국립미술관에 들러 실물 그대로를 감상했다.

점심 후에 곧장 비켈란 조각공원으로 향했다. 공원은 노르웨이의 조각가 구스타브 비켈란이 10만 평의 대지에 40년의 세월을 바쳐 조각 212점을 전시해 놓은 곳이다. 모든 작품을 감상하기에는 너무 부족한 시간이었다. 우선 인간이 태어나서 죽을 때까지를 나타낸 태아에서부터 유년 청년 중년 노년 그리고 죽음에 이르는 과정을 나타낸 작품들을 감상했고, 어른과 아이가 둥글게 고리를 만들고 있는 작품은 인생의 윤회를 나타낸다 한다. 분수대 주변에는 각기 나무 한 그루에 매달린 조각들이 볼만 했는데 우리네가 지닌 생명의 나무를 뜻한다고 했다. 많은 작품들 중에서도 공원 끝부분에 세워진 모놀리텐은 실로 거대한 모습이었다. 무게 270톤에 높이는 17미터에 달하는 둥근 탑을 연상시키는 그 화강암에는 수많은 인물들이 뒤엉겨 있었다. 높이 오르고자 안간힘을 쓰는 우리의 내면을 나타낸 것 같기도 하고 엉클어져 살아가는 너와 나의 모습을 표현한 것 같기도 하다. "우리는 생명의 나무가 다 한다는 것을 기억해야 한다."고. 그제서야 〈절규〉가 명화임을 알 것 같았다. 황혼을 뒤에 지고 다리 위에서 깜짝 놀라며 절규를 하고 있던 모습, 보낸 세월은 돌릴 수 없고, 다시 얻을 수 없는 철칙인 것을. 내 생명의 나무가 시들기 전 후회 없는 인생을 가꾸어야겠다는 생각을 하며 공원을 나섰다.

오슬로를 벗어나자 사방은 말 그대로 초원이다. 초지가 이어진 산비탈을 자작나무숲이 가득히 메우고 언제부터인지 그 아래로 맑은 물길이 이어지고 있었다. 물길은 골짜기를 지나기도 하고 산 밑을 돌아가기도 하며 쉽게 우리 곁을 떠나지 않았다. 맑은 물을 뜻하는 길이 100킬로미터의 '메사'라는 호수로 노르웨이에서 가장 길다. 세 시간 가까이 호수와 녹색의 산야 속을 내달려 릴레함메르에 도착했다. 20여 분 동안 1994년 동계올림픽 때 우리나라 선수가 금메달을 딴 바 있는 유명한 스키점프대를 관광하고 1,000미터의 고지에 있는 빈스트라의 퍼포마을을 향했다. 메사호는 그곳까지 흘러들어 자작나무 사이에서 숨바꼭질을 하고 산자락에 보이는 아담한 집들이 그림처럼 예뻤다. 간간이 풀을 이불처럼 덮고 있는 집들도 눈에 띄었는데 가이드가 지붕의 풀은 백야와 추위 때문이며 창문의 커튼도 두껍게 두 겹으로 만들어 사용한다고 한다. 문득 열악한 환경 속에서도 고향을 지키는 노르웨이인들이 무척 장하게 느껴졌다.

그런데 곧 나의 동정심이 헛된 것임을 깨달았다. 어려운 환경 대신에 창조주는 다른 보물을 내려주었기 때문이다. 겨울에 날씨가 맑으면 오로라 현상을 잘 볼 수 있다는 것이다. 빨강, 녹색, 주황색의 현란한 빛깔이 한데 어울려 물결을 치듯이 하늘을 수놓는다는 오로라! 그 아름다운 자연의 광채를 보기 위해 사진작가들은 더 북쪽으로 올라가 방가로에 살면서 몇 날이고 기다린다고 한다. 아, 꼭 한번 보고 싶은 찬란한 오로라. 대자연의 신비여!

얼마쯤 달렸을까. 가이드가 '페르퀸트'라는 상호가 보이느냐고 물었다. 영어실력이 모자란 나는 건성으로 대충 밖을 내다보았다. 빨간 바탕에 검은 글씨로 상호 비슷한 팻말이 얼핏 눈앞을 스쳐갔다. 바로 그 부근이 저 유명한 입센이 지은 극시 〈페르퀸트〉의 모티브가 된 곳이라고 한다. 입센의 소설, 인형의 집만 알던 나인지라 생소했지만 가이드가 들려준 〈페리퀸트〉의 줄거리에 가슴이 찡했다. 그 마을의 페리퀸트는 소녀 솔베이지와 결혼 약속을 해놓고서 방랑기를 못 참고 기어이 방랑길에 오르고 만다. 그가 오랫동안 이 나라 저 나라로 떠돌다가 늙고 병들어 집에 돌아오니 그제까지 솔베이지는 홀로 그를 기다리고 있다가 반갑게 맞이해 준다.

입센이 자신이 지은 이런 내용의 극에 배경음악을 만들어 달라고 그리그에게 청했다. 하여 페리퀸트의 배경음악이 그리그에 의해 만들어졌다. 극의 마지막 장면은 솔베이지의 무릎에 누워 페리퀸트가 숨을 거두는데 그때 흘러나오는 배경음악이 〈솔베이지의 노래〉란다.

가이드의 안내얘기도 끝나기 전에 '페리퀸트'의 상호는 순식간에 사라지고 말았다. 그러나 좋아하는 노래에 대한 이야기를 듣고 노래의 출처가 된 곳을 잠시라도 지나쳤다는 것만으로도 가슴 벅찼다.

저녁 7시쯤 1,000미터 고지 포퍼 마을에 도착해 여장을 풀었다. 숙소는 메사호가 내려다보이는 산등성이에 자리한 향긋한 나무집이었다,

5월 22일

☆ 피오르드

"일어나셨어요? 밖에 눈이 쌓였어요."

고 선생의 명랑한 목소리에 화들짝 일어나 커튼을 젖혔다. 세상에! 뜻밖에 밖은 설국이다. 어젯밤 2시쯤에도 우리나라의 저녁나절 같더니만 밤사이 눈 세상으로 변했다. 고 선생은 잠이 안 와 3시경 밖을 내다보았더니 펄펄 함박눈이 내리더라고 했다. 그 함박눈이 두 시간여 만에 신발이 묻힐 정도로 쌓인 것이다. 어제 늦게까지도 보이던 메사호도 보이지 않았다.

그러나 내심 버스가 눈 쌓인 내리막길을 어찌 굴러갈까 걱정되었다. 그러나 숙소에서 몇 미터 조심조심 내려가자 벌써 길은 맨살을 드러내고 있었다. 우리를 위하여 빈스트라 당국에서 눈을 치웠나 싶었다. 쉽게 일행은 버스로 산 밑에 도달하여 초지를 지나고 자작나무 숲길을 돌아 긴 터널도 통과했다. 산 아래 하늘은 맑고 흰 구름조차 떠 있었다. 불가사의한 산 속 날씨였다.

게이랑에르로 향하는 도중에 오따 마을은 창 너머로 조망하고 룸 마을에서 내려, 그곳 스타브 교회를 관광했다. 스타브 교회는 못질을 하지 않고 통나무를 쌓아지은 건물로 바이킹시대를 그대로 엿볼 수 있는 소중한 세계문화유산이다. 교회 부근 뜰은 묘지였다. 스타브 교회가 있는 곳은 요툰하펜이라는 지역으로 북유럽의 신화 속, 거인과 트롤의 고향이라고 한다. 신화에서 거인은 빙하를 말하고 거대한

하당에르 피오르드와 유람선

얼음산과 설산이 많다는 것을 의미하기 때문이다. 그만큼 요툰하펜 지역은 웅장하고 신비한 자연으로 둘러싸여 있었다.

우리는 겹겹이 눈을 이고 있는 거대한 산 밑을 한참 달렸다. 빙하가 육지를 침식하고 그 침식곡(浸蝕谷)에 바닷물이 들어차 협만을 만든 피오르드가 창 너머 지나갔다. 그 풍광은 곧 신이라도 내려설 듯 신비로웠다.

3시간여 걸려 게이랑에르에 도착했다. 피오르드 중 가장 아름답다는 게이랑에르이다. 우리는 양쪽에 산을 두고 펠리 호를 타고 물 위를 떠갔다. 신화로 전해오는 칠 자매 폭포를 비롯하여 빙하가 녹아 허옇게 흘러내리는 가르마 같은 폭포, 기묘하게 생긴 바위와 언덕 등 인간의 발자국이 찍히지 않는 청정한 자연의 경관을 맘껏 맛보았다. 게이랑에르에서 헬레쉴트 구간까지 다녀온 다음 뵈이야에서 내려 근처에 있는 빙하박물관에 들렀다. 한 시간여 빙하가 되기까지의 자료와 영상화한 내용을 시청하고 이어 펠리 호가 우리가 탄 버스를 싣고 피오르드 중 가장 길다는 송네를 건네주었다. 송네 피오르드! 그곳은 창조주가 우리에게 내린 아름다운 물길이었다.

그날은 피오르드 관광으로 막을 내리고, 피오르드 한 줄기가 산 밑을 돌아가는 레르달 호텔에서 휴식했다. 그 숙소의 방문 밖, 옥상을 서성이던 하얀 갈매기 한 마리가 눈에 선하다.

5월 23일

목동들의 전설 속에 나온다는 요정인, 빨간 옷을 입은 미녀

☆ 대자연의 서사시

북유럽의 꽃이라는 산악열차를 타기 위해 레르달에서 플롬으로 향했다. 얼마쯤 달렸을까. 피오르드가 점차 나무새로 숨는가 싶더니 터널이 입을 딱 벌리고 눈앞을 가로막았다. 그 레르달 터널은 길이가 무려 24.5킬로미터로 버스로도 15분이나 걸려 통과했다. 본격적으로 산악지대가 시작된 것이다.

플롬 역에 내리니 빗방울이 간간이 떨어졌다. 비 오는 날 산악열차 여행이라! 맑은 날씨보다 더 낭만적인 것 같아 너무 좋았다. 열차는 짙은 재색 몸체에 연회색 지붕을 하고 객실 안의 의자는 붉은 색으로 깔끔하고 멋졌다. 우리 일행은 객실 한 칸을 송두리째 차지하고 서로 옮겨 다니며 창밖을 관광했다. 열차는 해발 2미터인 플롬에서, 해발 865미터의 뮈르달까지 최대 경사 55°의 가파른 협곡을 오르고 있었다. 터널을 끼고 구부러진 협곡을 돌아가고 숨 가쁘게 능선을 오르며 열차는 구성진 바퀴소리를 끊이지 않았다. 한 풍경도 놓치기가 아쉬워 이쪽저쪽 기웃대며 우리는 폰을 눌러댔다. 산비탈에 흘러내리는 흰 물줄기, 크고 작은 폭포, 초지의 흰 염소 떼와 예쁜 집들…. 먼 데 산허리에는 거뭇한 바위와 나무들이 자리하고 둥근 산봉우리는 5월인데도 하얗게 눈이 쌓여 있었다. 풍경 속에 파묻혀 50여 분 달려서 뮈르달에 이르니 한창 겨울이었다.

잠시 후에 타고 왔던 열차를 다시 타고 뮈르달을 떠나 플롬을 향해 내려오며 열차가 그 중간에 있는 효스포센 역에 정차했다. 그곳 전망대에서 웅장한 효스 폭포를 관광하고 목동들의 전설 속에 나온다는 요정인, 빨간 옷을 입은 미녀의 춤을 감상했다. 거리가 멀어 요정의 생김은 또렷하지 않고 노랫소리와 함께 움직이는 몸짓만 보였다. 전설에 의하면 그곳 골짜기에서 요정 '훌드라'가 순박한 목동들을 많이 유혹했다고 한다. 그곳에서 10분 정도 자유시간을 가졌다가 다시 열차를 타고 플롬 역으로 되돌아갔다.

이어 버스를 타고 산 아래 레르달로 내려온 우리는 아름다운 항구 도시, 오슬로에 이어 제 2의 도시라는 베르겐으로 향했다. 날씨는 비구름을 잔뜩 안고 간간이 빗방울을 떨치고 있었다. 간밤에 내린 폭우로 인해 도로 일부분의 통행이 제한되어 지름길로 가지 못하고 좁은 길로 구불구불 돌아서 갔다. 그 산 밑 1차선 도로는 자갈이 뒹굴고 빗물에 몹시 미끄러워 위태로운지 버스는 속력을 내지 못했다. 그러나 곧 창 너머로 바라보이는 아름다운 하당에르의 풍경이 마음을 사로잡아 지루한 줄 몰랐다. 버스는 호반의 도시 보스를 지나 피오르드의 물길을 따라 천천히 앞으로 나아갔다. 틈새를 이용하여 가이드가 호수와 피오르드를 구별하는 방법을 얘기해 주었다. 호수 주변은 대개 깨끗하고 피오르드는 바닷물이므로 물가에 수초와 이끼 종류가 많다는 것. 그러고 보니 버스 창 밑으로 보이는 피오르드 물가는 풀과 갈대들이 무성했다.

전날에 이어 가이드가 그리그에 대하여 다시 안내했다. 그리그의 고향이 우리가 찾아가고 있는 베르겐이라고. 버스 안에 은은히 〈솔베이지의 노래〉가 흘렀다. "그 여름이 지나 봄은 가고/ 또 봄은 가고…/그러나 그대는 내 님이다…/정성을 다하여 기다리노라." 아아, 그 안개 낀 하당에르에서 듣던 솔베이지의 애련한 가락을 어찌 잊으랴.

3시간여 만에 베르겐에 도착했다. 그리그가 태어난 곳은 브리겐이라는 아름다운 항구이며 베르겐의 중심지다. 도시의 뒤쪽을 받치고 있는 플레위엔 산에는 운무가 잔뜩 끼었으나 거리와 도시는 비가 개고 고풍스러운 모습을 간직하고 있었다. 세계문화유산으로 지정되었다는 도시답게 아기자기한 목조건물들이 동화 속의 마을 같았다. 삼각형의 지붕들이 뾰족뾰족 이어졌는가 하면 산기슭에 예쁜 집들이 들어서 있고 가까이는 집집마다 아치형의 창문에 하얀 창틀 그리고 검은 지붕과 빨간 벽을 한 5층짜리 건물들이 서양화에서 보아왔던 중세의 마을을 떠올리게 했다.

고풍어린 골목길을 지나 어시장을 구경하고 부두를 잠시 산책하였다. 한때는 노르웨이의 수도였으며 바이킹배가 정박하고 출항했을 뿐 아니라 그리그가 〈솔베이지 노래〉의 악상을 떠올렸을 브리겐 항. 운치 있고 아름다웠다. 가까운 곳에 있다는 그리그의 생가와 동상을 시간 부족으로 그냥 돌아서려니 못내 섭섭했다.

베르겐과 아쉬운 작별을 나누고 하당에르비다 고원에 오르기 시작했다. 얼마쯤 시간이 흘렀을까. 피오르드도 호수도 마을도 보이지

노르웨이의 하당에르비다 고원

않고 눈에 덮인 산등만이 시야에 가득 차왔다. 1,000미터 높이의 고
원(툰드라)지대를 오르는 것이다. 빙하지역은 나무들이 자라지 못하
고 이끼만 끼어있는 지역이고, 고원지대는 한여름에도 아무것도 자
랄 수 없는 지역이라고 한다.

　고원에 올라 사방을 바라보니 마치 하얀 도화지 같은 세상이었다.
5월인데! 역시 대자연의 신비를 신으로부터 흠뻑 물려받은 노르웨이
다. 눈 쌓인 고원은 〈반지의 제왕〉과 〈겨울왕국〉의 모티브가 된 곳이
다. 지난 번 우리나라에서 어린이 프로로 TV에 방송된 겨울왕국을
손녀들과 본 생각이 났다. 주인공 엘사를 흉내 내던 손녀들의 귀여운

동작이 가물가물 아른거렸다. 정든 왕국을 떠나며 수북이 쌓인 눈 위에서 "내버려 둬!" 하며 팔을 휘젓던 주인공의 흉내를 내던 예은이, 서투르나마 언니의 몸짓을 따라 한몫하던 채은이…. 손녀들도 잘 자라서 그 동화 속을 여행하며 진한 발자국 한 줄 남겨놓기를 바래본다.

20여 분, 고원에서 기념사진을 찍는 등 즐거운 시간을 보내고 다시 하당에르 피오르드를 버스창에서 조망하며 스케이트 타기로 유명한 야일로로 이동했다.

5월 24일

☆ 바이킹의 나라, 안녕

야일로에서 하룻밤을 숙박하고 오슬로의 외곽지역에 위치한 홀멘콜렌 스키점프대를 찾았다. 릴레함메르, 트론헤임의 스키점프대와 함께 스키점프 종주국인 노르웨이를 대표하는 시설이다. 세계에서 가장 오래된 경기장으로 3만여 관람석을 갖추었으며, 가상체험관 시설도 갖추었다. 1952년 동계올림픽이 개최된 이곳에서는 매년 3월에 국제스키점프경기가 열리고 있다. 우리는 간단히 점프대 주변을 돌아본 것으로 그치고 내려왔다.

오는 도중, 차창너머로 기념품이 진열된 울긋불긋한 가게들이 볼 만했다. 그 울긋불긋한 물건들은 도깨비 같은 장난감이었다. 노르웨이의 마스코트 '트롤'이다. 북유럽의 신화에 나오는 트롤은 백야에

노르웨이의 설산과 초원

나타나서 마을을 배회하며 동물들을 잡아먹고 처녀들을 데려가는 무서운 괴물요정이라고 한다. 그런데 요즈음 노르웨이 사람들은 오히려 트롤이 복과 행운을 가져온다고 하여 집안에 두기도 하고, 너도나도 즐겨 만지기도 한단다. 바이킹모자에 커다란 긴 코, 튀어나온 눈과 광대뼈, 도깨비 같은 모양이 귀엽기도 했다. 요즘 게임기에 나오는 괴물생김새가 바로 트롤을 모방한 것이라나.

트롤은 어찌 보면 바이킹의 모습과 흡사했다. 해적으로 한때 악명 높았던 바이킹이다. 그런데 그들이 왜 바이킹이 될 수밖에 없었는지를 이번 여행을 통하여 짐작할 수 있었다. 신비에 가까운 노르웨이의 자연이요, 풍광이지만 피오르드와 설산, 빙하가 많아 농경지가 적었기에 살기 위해 배를 만들어 바다로 나가게 되고 그러다가 바이킹이 되었을 게다. 그러나 그들은 빼앗은 물건을 나눠가질 줄 알았고, 음식을 나눠 먹는 등 인정도 있었다 한다. 음식을 나누는 전통은 뷔페의 기원이 되었으며 그들이 여러 나라와 교역을 한 까닭으로 유럽지역을 단일한 무역망으로 만들었다는 평가도 받는다고 한다.

트롤가게가 있는 좁다란 길도 지나고 버스는 마을을 뒤로하고 내달렸다. 드디어 스웨덴과의 국경이 가까워지자 오랜만에 노르웨이의 들판이 펼쳐졌다. 흰 구름 뜬 맑은 하늘, 하얀 풍력 발전기, 군데군데 자리한 자작나무숲, 풀섶에 군락을 이룬 민들레들. 그 중에도 노란 유채 밭은 황금물결 같았다. 산악지역과 피오르드가 언제였냐는 듯. 얼마쯤 달렸을까. 차가 속력을 늦추는 것 같더니 드디어 노르웨이와 스웨덴의 국경에 이르렀다. 이쪽이 그쪽 같고 그쪽이 이쪽 같아 크게 달라 보이는 것은 없고 다만 유럽연맹기가 펄럭이고 철사로 만든 문 같은 조형물이 세워졌을 뿐이다. 크게 경계하지 않고 의좋게 살아가는 유럽의 문화가 부러웠다.

노르웨이와 작별을 하고 스웨덴으로 넘어와 우리에게 잠시 휴식시간이 주어졌다. 마침 그곳 한군데에 숍이 있었다. 그냥 떠나기 서운하던 참에 노르웨이를 상징하는 바이킹 배와 민속의상을 입은 인형 하나를 서둘러 챙겼다. 숍 안쪽에는 여러 가지 종류의 트롤이 진열되어 있었으나 시간이 급해 구입하지 못했다.

다시 버스를 타고 환한 저녁나절에 호반의 도시 칼스타트에 도착, 콤버트로얄 호텔에 여장을 풀었다.

5월 25일

☆ 북유럽의 사자

스칸디나비아반도의 강국 스웨덴, 한때는 잉글랜드 프랑스 아랍권까지 그 세를 떨쳐 북유럽의 사자라는 말을 들었고, 입헌군주국가로 땅은 유럽에서 네 번째로 넓다. 게르만 민족으로 바이킹의 후예이며 유리제품 같은 2차 산업이 발달하여 잘 사는 나라라고 한다. 14개의 섬이 있는데 그 중 한 섬 스톡홀름이 수도다. 스톡홀름은 호수와 바다로 둘러싸여 있는 물의 도시로 STOCK은 통나무를 뜻하고 HOLM은 섬이라는 뜻으로 호수 상류에서 통나무를 띄워 땅에 닿는 곳에 도시를 세웠다는 유래가 전해온다.

스톡홀름에서 가장 먼저 찾은 곳은 노벨상 수상식이 열리는 시청사였다. 인류의 평화를 위해 재산의 많은 부분을 기금으로 내놓은 노벨, 자신이 만든 다이너마이트가 혹시 인류의 평화를 저해할까 염려되어 평화상을 비롯하여 화학, 물리학, 경제학, 의학, 생리학 등에 공이 많은 이를 해마다 시상하게 한, 세계적으로 가장 권위 있는 상이다.

시청사 실내는 행사 중이라고 하여 들어가지 못했다. 대신 우리는 시청사 정원과 호숫가에서 끼리끼리 자유 시간을 즐겼다. 호수를 중심하여 빙 둘러선 건물들이 맑게 갠 하늘에 흰 구름과 어울려 한 폭의 그림이었다. 그 가운데 실오라기 하나 걸치지 않은 남자의 조각상이 유난히 눈길을 끌었다. 작은 꽃들과 잔디, 라일락 같은 하얀 꽃나무와 마로니에 흰 꽃이 탐스러운, 시청사 앞은 세계의 명소다웠다.

한 시간여 후에 일명 살아있는 박물관이라는 구시가지로 이동했다. 도중에 있는 중앙역과 대성당, 전쟁기념비라는 오벨리스크, 교회 등은 차창관광으로 대신하고 구도시지역인 감라스탄을 탐방했다. 입구에 아이 모습을 한 조그만 조각상은 '아이언보이'라고 하는데 동전을 내고 그 아이의 머리를 만지면 행운이 온다는 속설이 있다나. 나도 동전 한 닢을 바구니에 넣고 아이의 머리를 쓰다듬었다.

한때 북유럽의 사자로 불리던 스웨덴의 영화의 상징, 바사호

마을 가운데 공회당 같은 넓은 터가 있고 그 주변에 찻집, 기념품 가게, 장식품가게 등이 제법 깔끔했다. 우리는 그곳에서 13~15세기에 걸쳐 완성되었다는 좁은 골목길을 따라가며 아담한 마을을 구경했다. 하나같이 아기자기하고 예쁜 벽돌로 만들어진 집들이 외적의 침입을 거의 받지 않아서 중세 때의 모습 그대로라고 한다. 골목길은 우리들 뿐, 고요한 침묵 속에 잠겨 지나간 자취를 재현하고 있었다.

지난 한때는 스웨덴을 북유럽의 사자라고 했다던가. 오후에 탐방한 유르고르덴 섬의 바사박물관은 그 말을 증언하고 있었다. 길이 70미터, 높이 18미터인 바사호! 북방의 사자 왕, 구스타브 아돌프가 국력을 과시하려고 1625년부터 건조한 최대의 군함으로 대포 64문을 장착하고 450명의 군인을 실을 수 있는 당시 최대의 전함이다. 그런데 그 거대한 바사호가 1628년 8월 10일 스톡홀름 항구에서 바라보이는 바다 위에서 멋있는 진수식을 하고, 첫 항해를 시작하려던 순간, 그 자리에서 그만 가라앉아버렸단다. 원인은 진수식 때 예포를 발사하면서 반동력으로 배가 기울게 되어 낮아진 포문으로 바닷물이 들어차서라고도 하고 대포와 무기, 또 170여 개나 매단 장식품의 무게를 배가 감당하지 못했다는 설이 있다고 한다. 그 후 333년이 지나서 한 교수의 끈질긴 노력으로 1961년에 바사호가 인양되어 원형의 98%를 현재 보존하고 있다한다.

유럽의 내외인사들을 초청한 자리에서, 구름같이 모여들었을 군중 앞에서 예포 몇 방을 쏜 뒤 순식간에 가라앉아버린 바사호. 사자 왕

구스타브 아돌프의 위신은 뭐가 되었을까. 바사호에 장식된 왕관을 받들고 있는 천사들, 군인들의 용맹한 모습들, 날개같이 멋있는 돛에 선미의 화려한 조각들과 거대한 뱃전 등등. 17세기 초, 스웨덴의 영광이 보이는 것 같았다. 세월은 아픔도 영광도 위용도 덮는다. 약 300년의 세월 동안 묻혀 있다가 발굴되어 한 시대의 역사를 조명시키는 바사호가 오래오래 건재하기를 바라는 마음이다.

5월 26일

☆ 산타클로스의 고향

발트해의 물결은 호수같이 잔잔했다. 우리는 스톡홀름 선착장에서 유람선 바이킹라인을 타고 발트해를 떠갔다. 일행과 갑판에 올랐더니 배는 미끄러지듯이 바다를 타는데 구름 걷힌 하늘에 초엿새 반달이 뽀얗게 물기를 머금었다. 갈매기는 둥지로 돌아가고 건너 편 섬에서 깜박이는 불빛들…. 아아, 낭만을 부르는 발트해! 휘파람이라도 불고 싶은 밤이었다.

바이킹라인은 약 13시간 만인 다음날 아침에 핀란드의 투르크에 도착, 오매불망 궁금하던 산타의 나라에 닿은 것이다. 듣기로는 스웨덴의 키로나에도 산타마을이 있다는데 아무래도 그곳 핀란드가 더 소문이 나있는 것 같다. 우리는 또 전용버스로 북유럽 관문의 역할을 한다는 헬싱키를 향했다. 차창 밖에 펼쳐지는 핀란드의 풍광이 처음

대하는 데도 낯설지 않았다. 아마 동화 〈눈의 여왕〉에서 주인공 게르다를 돕는 핀란드 아줌마 때문일 것이다.

그곳 역시 훤히 트인 도로변에 초록 융단 같은 초지와 샛노란 유채꽃이 한창이고 하얀 자작나무들이며, 쾌청한 파란 하늘에 뜬 흰 구름이 그림인 듯싶었다. 점점 도심에 가까워진 듯 고풍스럽고 예쁜 집들이 보이는가 하면 다른 양상의 5층의 아파트들도 눈에 들어왔다. 그 이유로 핀란드는 오랫동안 러시아, 스웨덴의 지배하에 있었다. 그래서 유적이 없고 옛 건물들도 남아 있지 않다는 것이다. 108년 동안 러시아의 지배를 받다가 1917년 12월 6일에 해방이 되었다 한다.

국토의 70%가 숲이며 섬이 무려 19만 개로 호수가 많고, 4월부터 시작하여 8월까지 온도가 30도가 넘는 날이 계속되며 여름에는 백야라서 밤에도 무척 덥다고 한다. 한편 세금은 많이 내지만 복지가 잘되고 부패가 없는 나라이다. 아기가 태어나면 70일간 입힐 옷이 나오고, 유모차를 가진 엄마는 교통비를 안 내며 대학까지 무료이고, 여름방학 때는 놀이터에서 어린이들에게 점심도 제공한다. 인구의 3분의 1이 사우나 시설을 갖추고 있으며 손님 대접으로 이용한다. 축제 때는 자작자작 잘 타는 자작나무를 태워서 높이 들고 그 불빛을 보며 춤추고 노래하며 밤새껏 즐긴다 한다. 또 처녀가 7가지의 꽃으로 목걸이를 만들어 목에 걸고 잠자리에 들면 꿈에 미래의 신랑얼굴이 보인다는 재미있는 속설도 전해온다.

헬싱키의 원로원광장에 도착하여 버스에서 내렸다. 광장 중심부에는 알렉산드로 2세 동상이 세워져 있고 그 아래 만남의 장소에는 사람들이 앉아 담소를 나누는 모습이 한가롭고 편안해 보였다. 만남의 장소 위쪽에 자리한 정교회를 관람했다.

우스펜스키 사원으로도 불리는 정교회는 붉은 벽돌과 푸른 지붕으로 덮이고 돔은 양파모양을 한 비잔틴 양식의 건물이었다. 가톨릭에서 분리해 나간 교회로 성모상과 오르간이 없으며 신자들이 앉을 의자도 없었다. 마침 교회 안에서는 반주 없이 육성만의 성가가 들려왔는데 실내에 반향이 되어 여간 아름답지 않았다. 성호는 가톨릭과 반대로 긋고 사제도 결혼할 수 있다고 한다. 성당 벽에 걸린 커다란 성화들이 엄숙한 분위기를 안겨 주었다.

이어 바위를 폭파하여 내부를 교회로 만들었고 원형의 창으로 자연광이 들어오는 암석교회를 탐방한 후 시벨리우스 공원으로 이동했다. 시벨리우스는 핀란드가 낳은 세계적인 작곡가다. 바닷가에 조성된 공원은 커다란 시벨리우스 흉상이 자리하고 24톤의 강철로 만든 파이프오르간의 모형이 대단히 웅장했다. 잔디와 나무 사이를 지나 물가에 서니 발트해의 물결이 한낮의 햇살에 보석같이 반짝였다. 아름다운 바닷가 정원이었다.

다음 에스토니아로 가기 위해 항구로 향하며 가이드가 라플란트 지역과 산타의 고향에 대하여 소개했다. 라플란트는 북유럽의 최북단지역으로 핀란드 노르웨이, 스웨덴을 잇는 3,200킬로미터의 지역을 말하는데 원주민은 사미족으로 물개 순록과 더불어 빙산과 빙하와 스놀 속에서 살아간다고 한다. 〈눈의 여왕〉에게 라플란트 지역이 나온다. 소녀 게르다가 눈의 여왕에게 끌려간 카이를 찾기 위해 북쪽 지방을 헤매다가 핀란드 아주머니와 개와 순록의 도움을 받는다. 그 도움으로 게르다는 무사히 라플란트에 이르게 되고, 그곳에서 꽁꽁 언 채로 영혼을 잃어가는 카이를 구한다는 내용이다. 나는 재직시절 1, 2학년을 맡게 되면 반 아이들에게 즐겨 이 동화를 들려주곤 했다. 내가 만약 재직 때 이곳을 다녀갔다면 동화를 들려줄 때 내 눈빛은 무척 빛났으리라.

가이드는 또 내 속내를 아는 듯 라플란트 지역에서 볼 수 있는 오로라에 대하여 이야기했다. 이곳에서는 연간 200일 이상이나 오로라를 볼 수 있단다. 가이드는 지난겨울에 자신이 보고 찍어놓은 오로라 사진까지 보여주었다. 아, 젊은 시절 남편과 꿈꾸던 그 오로라를 지척에서 볼 수 있다니. 마음 같아서는 곧 그곳으로 달려가 보고 싶었다. 하지만 세상 모든 것을 어찌 다 눈 안에 넣으랴.

그 라플란트에서 7시간쯤 더 북쪽으로 가면 로마니엠 지역인데 바로 그곳이 산타클로스가 있는 곳이다. 세계 어린이들이 산타할아버지께 편지나 카드를 보내면 로마니엠에서 '엘프'라는 봉사자가 답장 카드를 보내준다. 그곳에서 한국인 '쏘니 김'도 봉사하고 있다니, 듣던 중 제일 반가운 소리였다. 전설 속의 산타이지만 고향을 마련해 놓고 동심에 응답을 해준다니 한바탕 박수를 칠 일이다. 손녀들이

에스토니아의 수도 탈린

더 자라면 산타의 나라가 어디쯤에 있고 할미가 근처에까지 다녀왔다는 얘기를 재미있게 들려주리라. 어른이 되면 할머니의 몫까지 합세하여 산타클로스가 있는 로마니엠 지역을 다녀오라는 부탁과 함께.

어느덧 오후 4시 30분, 발트해를 오가는 펠리 호에 탑승하여 에스토니아의 수도 탈린으로 향했다.

5월 27일

☆ 발트해의 진주

유학생인 여대생 현지가이드가 숙소까지 찾아와 고국에서 온 관광 손님을 반겨 맞았다. 그리고 버스에 오르자 탈린을 소개했다.

일찍이 발트해의 진주라고 불리는 탈린은 13세기에 덴마크인이 만든 도시로 덴마크의 식민도시였다. 그런데 14세기경에 이르러 독일인에게 은하 1톤에 넘겨졌다나. 그 후 2차대전이 끝날 즈음 소련으로부터 노래혁명(에스토니아 탈린에서부터 라트비아의 리가, 리투아니아의 빌리우스까지 세 나라를 걸친 620킬로미터의 도로에 200만 넘는 사람들이 모여 인간 띠를 만들며 손을 마주 잡고 노래를 불러댐)을 통하여 평화적으로 독립을 되찾았다. 지금은 유럽연맹의 회원국이고 아이 티 산업이 크게 발전된 나라다.

산이 없어 토지가 평평하고 큰 강이 흐르지 않으며 절반이 숲이다.

인구구성은 30%는 러시아인이고 70%는 에스토니아인으로 스웨덴어를 쓰며 온화한 성품으로 꽃을 좋아하여 연인 친척 친구들에게 꽃 선물하기를 즐긴다.

　가이드의 소개와 함께 어느새 차는 주차장에 도착, 구 시가지를 연결하는 비루 문 앞에 섰다. 붉은 원뿔 지붕을 한 쌍둥이 탑이 인상적이고 곁에 남은 성곽이 그곳이 톰페아 성이었음을 짐작하게 했다. 우리는 가이드의 뒤를 따라 구 시가지의 중심지로 향했다. 톰페아는 탈린에서 가장 높은 지대로 중세 때는 귀족이나 영주들이 살았다는 곳이다. 연두 색 건물의 국회의사당, 니콜라스 교회, 톰 교회를 외관만 관광하고 알렉산더넵스키 광장과 알렉산더넵스키 성당 내부를 돌아보았다.

　저지대를 향하기 전 가이드가 마을 어귀의 커다란 고목그늘에서 발트해를 가리키며 특산물 보석 '호박'에 대하여 소개했다. 발트해 연안은 호박의 산지로 약 3천만년~9천만년에 걸쳐 화석화된 송진으로 비중이 가벼워서 바다에 떠오르기도 하고 해초에 걸려서 발견되기도 한다. 채취방법은 바다에 그물을 치거나 잠수를 한다는 것이다. 그곳에서는 결혼식의 패물로 꼭 호박을 챙긴다고 한다. 사는 곳마다 풍습이 다른 이유는 역시 삶은 주어진 자연에 따라 영향을 받고 그에 적응하기 때문이리라.

　저지대에는 구시청사 건물과 올라프 교회, 길드들의 회관, 까페들이 있었다. 시청 앞 광장은 옛날에는 마을의 행사를 치루거나 죄인을 처형하는 장소로 이용했다고 한다. 저지대에서 40분 동안 자유시간이 주어졌다. 우리 일행은 먼저 광장 주변에 있는 레스토랑, 카페를 기웃대다가 여러 군데 숍을 구경했다.

에스토니아인들이 꽃을 좋아한다더니 가게 앞에 올망졸망한 꽃바구니가 즐비하고 가게마다 헝겊인형 찻잔 장신구 덧신 등 선물용 물건들이 그득했다. 차일이 쳐진 노천 찻집에서 에스토니아 복장을 한 젊은 여인이 방긋 웃었다. 차 한 잔을 팔고 싶었던가 보다. 내리막길에 있는 액세서리 가게에서 며늘아기에게 선물할 대추빛깔을 한 호박 목걸이 하나를 샀다. 가격은 30유로로 편하게 사용할 수 있는 어지간한 것으로 택했다. 짧은 시간이었으나 중세 사람들의 향기가 남아 있는 비루 거리를 탐방한 보람이 컸다. 우리네 서울 북촌 고궁과 인사동 거리도 그곳처럼 잘 보존되기를 바래보았다.

5월 28일

☆ 네바 강과 노래 〈땡벌〉

탈린에서 5시간여 달려 국경을 넘어 상트페테르부르크에 도착했다. 도시에 들어서며 여권을 보이는 등 절차가 조금 까다로웠으나 통과하고 나니 목가적인 들 풍경이 평화롭게 펼쳐졌다.

이곳 역시 자작나무숲, 밀밭, 유채밭으로 이어지고, 장신의 하얀 풍력발전기가 맑고 푸른 하늘 아래 바람개비같이 천천히 기다란 날개를 움직였다. 우리 어렸을 때 레닌그라드로 불리던 상트페테르부

상트페테르부르크의 여름궁전

여름궁전 정원에서 바라본 발트해

르크다. 이념을 달리한 이웃 강대국의 수도 레닌그라드가 아닌가. 입에 올리기도 두려웠던 곳을 관광 차 들어설 수 있는 이 시대가 너무 고마웠다.

다음 날 첫코스로 '여름궁전'을 찾았다. 해변에 있는 궁전은 지붕에 3개의 왕관을 얹고 흰 바탕에 금색을 띠를 한 외관은 화사하게 빛났다. 우리는 소문이 나있는 궁전의 뒤쪽에 있는 정원을 관광했다. 드넓은 초지에 치솟는 분수가 무려 140개나 되고 분수 곁에 세워진 금색조각상과 장식품들이 물보라를 맞아 더욱 빛을 냈다. 조각상은 로마신화에 나오는 영웅들을 모델로 만들었다나. 잔디밭, 희고 붉은 튤립, 남보라꽃, 노란 꽃, 가로수길. 한 군데 흐트러짐이 없는 드넓은 정원은 표트르 대제가 러시아와 유럽의 최고 건축가, 예술가들을 총동원하여 만들었다는 정원이다. 분수정원을 돌아 표트르 대제의 동상을 만나고 다시 숲을 지나 물가에 닿았다. 그날따라 발트해의 물빛은 청량한 군청색 물감을 풀어 놓은 듯 잔잔하고 고왔다.

등대를 배경으로 한 컷 찍고 바다 끝으로 눈을 돌리니 숲을 병풍처럼 두르고 있는 집 한 채가 보였다. 푸른 하늘과 흰 구름, 그 아래 검은 숲을 배경으로 물 위에 섬같이 떠 보이는 하얀 집은 아름다운 풍경화 한 폭이었다.

정원에서 나오는 길에 모자를 쓰고 긴 칼을 든 표트르 대제가 빨간 드레스차림의 왕비와 함께 언덕 아래로 천천히 걸어갔다. 옛 표트르 대제와 왕비를 배우들이 재현한 것이다. 관광객을 위한 퍼포먼스다.

상트페테르부르크의 국립미술관 에르미다주, 일명 겨울궁전

다음에 들른 국립미술관 에르미타주는 일명 '겨울궁전'이라고도 한다. 건물은 푸른 옥색빛깔을 띠고 화려한 바닥과 아름다운 천장, 금 기둥, 샹들리에, 으리으리한 유리문 등과 소장하고 있는 진품들이 무려 250만 점에 이른다는 세계적인 미술관이다. 미켈란젤로, 루벤스, 피카소, 고갱, 고흐 등의 작품들이 전시되어 호화판을 이루었다. 작품 하나를 구경하기에 1분씩만 할애해도 무려 5년이 걸린다고 할 만큼 소장품이 방대하다. 나는 우선 미술관의 많은 방과 미로 같은 통로에서 일행을 잃을까 봐 겁부터 났다. 하여 따라다니는 데에만 급급했으니 제대로 감상한 작품이 드물다. 기억나는 작품은 성모님과 아기 예수의 성화 몇 점뿐이니 딱한 사람이다. 그래도 그곳에서 잊혀지지 않는 풍경은 미술관 밖 건너편 구 해군성 본부 앞에 펄럭이던 50여 개 국기들 중, 그 한가운데를 차지하고 있던 태극기다. 흰 바탕에 빨강 파랑이 선명한 우리 조국의 깃발이 당당하게 펄럭이고 있던 자랑스런 풍경이다.

하오 4시경 미술관을 뒤로하고 시내로 나와, 네바 강 선착장에서 유람선을 탔다. 마침 해가 구름 속에 숨으니 물은 재색으로 변하고 지류 양안으로 많은 건물이 지나갔다. 다리 밑을 서너 개나 통과했는데 다리 밑이 겨우 유람선이 지나갈 정도의 높이라서 마치 굴 속을 들어가고 나서는 듯 했다.

잠시 후 다리도 모두 지나고 강폭이 넓어지기 시작했다. 갑자기

물결이 출렁이고 바람에 모자가 날아갈 뻔 했다. 강 가운데에 이르러 이쪽저쪽 또 멀리 상트페테르부르크 이모저모가 그 모습을 드러냈다. 우아한 색깔의 에르미타주미술관, 마린스키 대극장, 황금색 지붕의 이삭 성당(지붕에 수은으로 녹인 금물을 부은 다음, 수은을 증발시키고 순금만 남게 하는 기법을 썼다 함) 왕의 동생이 살았다는 갈색 리콜라이 궁전, 상트페테르부르크의 상징인 피의 사원, 붉은 기둥으로 보이는 로스트랄 등대, 금빛 첨탑이 세워진 구 해군성건물, 표트르 대제가 스웨덴을 견제하기 위하여 축성했다는 파블로프스크 요새 등등. 북부의 베네치아라는 별칭에 딱 어울리는 상트페테르부르크 풍광이었다.

그런데 그 틈에 낯익은 알파벳 한 다발이 또렷이 눈에 들어왔다. 네모난 현대식 건물 지붕에 쓰여진 우리 기업체 'SAMSUNG'의 이름이다. 가이드는 선전용이라고 말했지만 그 정도라도 세계적인 문화도시 상트페테르부르크에서 아니 러시아의 옛 수도에서 얼마나 자랑스러운가.

유람선은 여전히 강물 위에 떠가고 우리 일행은 어느덧 꿈속을 가는 듯 황홀감에 잠겼다. 그때였다. 가이드가 보드카 한 잔씩을 일일이 순배했다. 향기로우면서도 혀끝을 쏘는 기묘한 맛, 나도 기분에 젖어 홀짝 홀짝 마시다 보니 온 몸이 점점 더워졌다. 바로 그때였다. 확성기에서 우리 노래 〈땡벌〉이 흘러나오질 않는가.

…… 당신은 못 말리는 땡벌 땡벌

당신은 날 울리는 땡벌 땡벌 ……

당신을 사랑해요 땡벌 땡벌

당신을 좋아해요 땡벌 땡벌 ……

어찌 우리 노래가 이곳까지 알려졌을까. 감탄하며 일행 몇을 따라 나도 "땡벌 땡벌" 하며 몸을 흔드니, 강바람까지 신난다고 까불거렸다. 그 즐겁던 때를 떠올리면 지금도 몸이 흔들린다.

5월 29일

☆ 아르바트 거리

호텔 Polustorovo에서 마지막 백야를 보내고 모스크바를 가기 위해 공항으로 향했다. 새벽 3시경의 상트페테르부르크는 벌써 어둠이 걷혀 있었다. 우리나라의 흐린 날 같았다. 네바 강변을 달리면서 가이드가 교각이 열리기 시작했다고 창밖을 내다보라고 했다. 다리 하나가 지나가고 또 하나, 유난히 현란한 조명으로 치장한 다리 한쪽이 거무스름하니 치켜 올라간 모양이 보였다. 네바 강에 놓인 다리들은 새벽 1시부터 순차적으로 열려 발트해로부터 큰 배가 드나들게 하고 있다.

상트페테르부르크 공항에 도착, 그런데 아뿔싸! 순조롭게 진행되던 여행일정에 탈이 생기고 말았다. 수속을 마치고 공항대기실에서

아르바트 거리에 있는 푸시킨과 그의 부인 나탈리아의 동상

시간이 되기를 기다리는데 갑자기 일행 한 분이 모스크바행 항공기
가 1시간 30분가량 지연된다는 것이다. 새벽에 모스크바는 천둥이
치고 비가 억수같이 쏟아져서 우리를 싣고 갈 항공기가 뜨지 못했다
고. 가이드가 폰을 손에서 떼지 못하고 한참 부산스럽게 여기저기를
오가더니 일행을 1진과 2진으로 나누어 2진은 후속비행기를 타게 했
다. "천재지변인데 도리 없지." 하며 우리는 서로 위로하면서 가이드
의 말에 따랐다. 우리 네 사람은 나이가 많아서인지 가이드가 동행하
는 1진으로 뽑혔다. 하여 2진에게 못내 미안한 마음을 안고 항공기에
탑승하여 모스크바로 향했다.

　모스크바는 새벽의 날씨가 언제 그랬냐는 듯 햇빛이 쏟아지고 맑
았다. 듣던 대로 가늠할 수 없는 북유럽의 날씨였다. 우리는 2진이
도착하는 동안 그저 기다리느니 가까운 시내구경이나 하기로 했다.
시내 도로변에는 현대식 건물로 가득 차 있고 차들이 많았다. 역시
그곳에도 자작나무들이 심심찮게 눈에 들어왔다. 가까스로 시내 중
심을 지나 도보로 참새의 언덕에 올랐다. 고작 해발 180미터인 참새
의 언덕, 이름에 뉘앙스가 흐르는 그곳은 일명 레닌의 언덕으로 모스
크바에서는 제일 높은 곳이라고 한다. 오르고 보니 언덕은 언덕이었
다. 서늘한 바람기가 돌고 모스크바 대학이 보이고, 모스크바 강과
시가지를 비롯해 루즈니키 스타디움도 내려다보였다. 그렇게 시간을
보냈으나, 2진이 도착하려면 넉넉히 두어 시간을 더 기다려야 했다.
그래서 중심가에 있는 외무성 건물을 구경하고 아르바트 거리로 향

했다.

아르바트 거리는 러시아의 아나톨리 리바코프가 쓴 소설 〈아르바트의 아이들〉에서 따온 이름으로 예전에는 귀족들이 모여 살았으나 지금은 보행자전용도로로서 거리공연장이며 화가들이 있는 문화예술의 장소였다. 차일 안에 많은 책들이 쌓여있는가 하면, 팔리기를 기다리는 그림들과 기념품 등 볼거리가 푸짐하였다.

거리의 중간쯤 이르렀을까. 길가 어느 주택 앞에서 푸시킨과 그의 부인 나탈리아의 동상을 발견했다. 푸른 벽을 한 양옥, 푸시킨의 집. 그 앞에 있는 큰 나무그늘에서 손을 잡고 나란히 서있는 한 쌍의 젊은 이들 상이다. 가이드가 동상에 대한 자초지종을 말했다. 나탈리아는 뛰어난 미인인데 프랑스 망명 귀족인 당테스가 짝사랑을 했다 한다. 그래서 좋지 않은 입소문이 사교계에 퍼졌다. 이에 자존심이 상한 푸시킨은 당테스에게 결투를 신청하여 칼을 들고 싸우다가 부상을 입고 그 이틀 후인 1837년 1월 27일 38세의 나이로 생을 마감했다.

푸시킨은 러시아 귀족의 집안에서 태어나 부족함 없이 살 수 있었으나 농노제도를 반대하는 편에 서서 인간애를 발휘하고, 당시 유럽의 여러 나라에 비해 쇠퇴한 러시아를 변화 발전시키려 했던 애국자였다. 짧은 시인의 생애가 생각할수록 안타까웠다. 좀 더 살았더라면 좋은 시를 많이 남겼을 텐데….

부부 동상의 손에 들려진 싱싱한 생화 몇 송이로 보아 러시아인들에게 존경을 받고 있구나 싶어 헛헛한 마음이 조금 풀렸다.

삶이 그대를 속일지라도

슬퍼하거나 노여워하지 말라.

슬픔의 날 참고 견디면

기쁨의 날이 오리니.

마음은 미래에 살고 현재는 늘 슬픈 것

모든 것은 순간에 지나가고

지나간 것은 다시 그리워지나니. ……

　　　　　－푸시킨의 시 〈삶이 그대를 속일지라도〉 일부

5월 30일

☆ 에트랑제의 꿈

우리는 그렇게 아르바트 거리의 관광을 마지막으로 가이드를 따라 2진이 도착할 세레메티에브 공항으로 갔다. 하필 공사가 시작되어 아침때와 달리 도로는 주차장을 방불케 했다. 명절 때의 우리나라 고속도로 같다고 할까. 2진이 생각보다 너무 늦게 도착한데다 도로의 사정을 감안하여 계획에 있던 클레믈린 궁전, 붉은 광장, 성 바실리 성당, 볼쇼이 극장, 차이콥스키 동상의 관람은 포기하고 세레메티에브 공항에서 귀국차 다시 모스크바 공항으로 향했다. 우리와 함께 하기 위해 늦게라도 세레메티에브를 찾아온 2진의 수고가 고맙고 미안했다.

20시 55분, 저녁이지만 지평선 너머에서 비춰오는 햇살로 모스크바는 환했다. 서서히 활주로를 선회하던 항공기가 공중에 떴다. 내자리는 왼쪽 날개가 보이는 창가였다. 동체를 껴안고 활짝 날개를 펼친 항공기의 모습이 여간 든든해 뵈지 않았다.

마을이 멀어지고 하늘에 별 둘이 반짝였다. 큰 별은 우리나라에서 초저녁에 뜨는 금성이고, 또 하나는 그 곁에 따라다니는 3등성 작은 별이다.

두 별은 한참 동안 항공기 날개 끝까지 따라왔다. 마치 이별이 아쉽다는 듯. 별들이 사라지자 나는 응석하듯 하느님께 여쭈었다.

"하느님, 새 에트랑제의 꿈을 꾸어도 되겠지요?"

10박 12일의 북유럽 여행이 보람차고 즐겁게 막을 내렸다. 신선하고 아름다운 북유럽, 다시 가고 싶은 북쪽 나라들이여.

시바쓰바(감사합니다)!

(2015.)

박춘민 에세이

모란
다시
피네